DAS BUCH DER

MAGISCHEN
FESTE

Yan d'Albert

DAS BUCH DER
MAGISCHEN
FESTE

Zauberhafte Ideen und Spiele,
Rituale und Rezepte für Hexenfeste
und andere Feten

mit
Songs von
„MAGIC YAN"

Bibliografische Information Der Deutschen Bibliothek
Die Deutsche Bilbliothek verzeichnet diese Publikation in der
Deutschen Nationalbibliografie; detaillierte bibliografische
Daten sind im Internet über http://dnb.ddb.de abrufbar.

Die Informationen und Ratschläge in diesem Buch sind von
Autor und Verlag nach bestem Wissen und Gewissen sorgfältig
erwogen und geprüft, doch Autor und Verlag übernehmen kei-
nerlei Haftung für etwaige Personen- und Sachschäden, die
sich aus Gebrauch oder Missbrauch der in diesem Buch aufgeführten Ratschläge ergeben.

1. Auflage 2003
© Egmont vgs verlagsgesellschaft, Köln
Alle Rechte vorbehalten.

© des ProSieben-Titel-Logos mit freundlicher Genehmigung
der ProSieben Television GmbH

Produktion: Angelika Rekowski
Lektorat: Anja Schwinn
Umschlaggestaltung: Sens, Köln
Layout und Satz: So.Wie?So!, Köln; Karen Kühne, Köln
Illustrationen: Yan d'Albert und Gabriela d'Albert
Druck: Clausen & Bosse, Leck
Printed in Germany
ISBN 3-8025-3221-X

Besuchen Sie unsere Homepage: www.vgs.de

Yan d'Albert, „**MAGIC YAN**", Jahrgang 1958, beschäftigte sich bereits als Kind mit spirituellen und religiösen Themen und zudem, seit 1983, intensiv mit Mystik und Magie. Als Autor, Komponist, Popmusiker und Musikproduzent mit dem Label SOL MUSIC hat er sich bereits einen Namen gemacht. Yan gibt Magie-Seminare und schreibt für Tageszeitungen und Illustrierte (z. B. für das Hexenmagazin w.i.t.c.h.).

Seit 2001 arbeitet er auch an Exposés, Drehbüchern und einer eigenen TV-Show. „**MAGIC YAN**" ist übrigens ein begeisterter CHARMED-Fan.

INHALT

UND AB GEHT'S ...!

Alle Feste, gleich welcher Art, haben etwas Magisches an sich. Vorausgesetzt natürlich: Sie gehen ab! Doch was braucht man zum Feiern? Um diese Frage zu beantworten und um euch jede Menge Infos und Tipps zu liefern, habe ich dieses Buch für euch geschrieben. Magische Feste gibt es in allen **spirituellen** Traditionen und Religionen dieser Welt. Ihr müsst daher nicht zwingend Mitglied eines Hexenzirkels oder magischen Ordens sein. Wir feiern heute sicherlich etwas anders als früher. Vor 20 Jahren wäre es für die damals vergleichsweise wenigen Junghexen und Jungmagier noch undenkbar gewesen, z. B. Pop- oder Rockmusik in ihre Rituale mit einzubeziehen oder Zeremonie und Party unter einen Hut zu bringen. **Doch soll Magie als wirkliche Essenz erhalten bleiben, muss sie sich von Zeitalter zu Zeitalter wandeln und doch im innersten Kern gleich bleiben.** Das braucht dem Ernst der Sache ja keinen Abbruch zu tun.

Magische Inspirationen, angeregt durch dieses Buch, und fetzige, aber auch besinnliche Feten

wünscht euch euer

Magic Yan

P. S.: Und ab geht's ...!

VORBEREITUNG

Wie heißt das Sprichwort so schön: „**Wie man sich bettet, so liegt man.**" Sprichwörter mögen oft banal oder altmodisch klingen, doch in vielen von ihnen stecken zeitlose und hilfreiche Weisheiten. Auf unseren Fall bezogen heißt das: **Eine gute Vorbereitung ist das A und O für ein Fest.** Du brauchst nicht alles bis ins Detail zu planen, denn dann besteht wiederum die Gefahr, dass die Fete hyperorganisiert ist und alle nur steif rumstehen. Ein Quäntchen Improvisation darf also schon sein; sie ist wie die richtige Würze in der Suppe.

Außerdem bedarf es der Originalität. Wenn sie fehlt, werden die Leute Däumchen drehen, gelangweilt herumstehen oder frühzeitig abwandern. Was man für eine gelungene Fete also braucht, sind **Ideen, Ideen, Ideen.** An diesen soll es hier nicht mangeln.

Pflicht und Kür beim magischen Feiern

„**Pflicht und Kür**", das sind Ausdrücke aus dem Sport (Turnen, Eiskunstlauf). Pflicht meint einen vorgeschriebenen Teil eines Wettkampfes, und unter Kür versteht man eine frei gewählte Übung. Diese Ausdrücke können wir auch gut auf unsere Feste übertragen. Trennt also Rituale und ausgelassenes Feiern in zwei aufeinander folgende Teile. Das ist eine wichtige Sache. Wenn ihr diesen Rat bei euren Zusammenkünften von Anfang an beherzigt, kann nichts schief gehen. **Erst die Pflicht und dann die Kür.**

DON'T DRINK AND FLY

Vorsicht bei Alkohol und anderen Drogen! Moderne Hexen und Magier brauchen keine Drogen, um sich für Rituale in Stimmung zu versetzen. Also: Keine Drogen oder alkoholischen Getränke im **Pflicht-Teil**! In der anschließenden **Kür** ist der Genuss alkoholischer Getränke in Maßen erlaubt (ab 16 J.).

Es gibt zwei Möglichkeiten, magische Feste zu begehen:

IM FREIEN

Nütze dies, wann immer es dir möglich ist und die Witterung es erlaubt.

IM HEILIGEN RAUM/TEMPEL

Achte darauf, dass der Raum, in dem ihr feiern wollt, angenehm warm und gut vorbereitet ist.

Das „Fest-Komitee"

Vielleicht mag es etwas bürokratisch klingen, aber warum nicht ein „Fest-Komitee" einberufen? Ich habe selbst die Erfahrung gemacht, dass Feste und Rituale, die einige Zeit vorher durchgeplant und probeweise durchgespielt werden, garantiert gelingen. Alle bringen Vorschläge, der Schriftführer schreibt mit und schon läuft das Ganze wie am Schnürchen! Es ist ratsam, einen Komitee-Leiter zu wählen (evtl. kann das auch der Sprecher, Zirkelmeister oder Hohepriester des Zirkels übernehmen), der sich um den Ablauf kümmert. Natürlich könnt ihr auch für jedes Fest einen neuen Leiter wählen. Aber gebt ihm um Himmels willen nicht die Schuld, wenn einmal etwas schief laufen sollte!

Was nun die Ideen und die Durchführung eines Festes angeht, gebe ich dir bzw. euch den Rat, zuvor „BRAINSTORMING" (= Gedankensturm) zu machen. Das heißt: Schreibt erst einmal ganz spontan Stichwörter auf, z.B. Dinge, die ihr braucht oder die euch zum Thema einfallen (Kerzen, Spezial-Rezept, die und die CD usw.). Dann ordnet ihr eure Liste nach dem zeitlichen Ablauf und formuliert das Ganze in knappen Sätzen, z. B. „Rote Kerzen bei ALDI besorgen, weiße Tischdecke rechtzeitig waschen und trocknen. Danach Altar vorbereiten, mit Elemente-Gegenständen schmücken ..." Nun teilt ihr den Text in den **Pflicht-** und **Kür**-Teil auf. Ihr könnt auch eine Zeichnung anfertigen, auf der man z.B. sehen kann, wo die Teilnehmer sitzen und die Dinge stehen sollen. Vergesst nicht, eine Liste mit den eingeladenen Teilnehmern anzufertigen. Nachfolgende Checkliste kann euch da auf jeden Fall behilflich sein.

Aber das ist noch nicht alles. **Die innere Einstellung** und Einstimmung trägt wesentlich zur Fest-Atmosphäre bei. Daher schon mal ein Tipp im Voraus: Meditiert vor dem Fest gemeinsam etwa 5 bis 10 Minuten. Das hilft. So manche Meditation oder manches Gebet wirkt Wunder.

Einladungen

Mache eine Liste mit den in Frage kommenden Teilnehmern der Fete. Verschicke originelle Einladungen mit ansprechenden Texten. Du kannst für diejenigen, die sich mit dem entsprechenden Fest noch nicht so gut auskennen, eine kurze Beschreibung hinzufügen. Es kommt auch gut an, wenn du zum jeweiligen Fest passende getrocknete Pflanzen auf die Einladungen klebst (ein Arrangement aus Blüten, Ähren, Blättern usw., je nach Jahreszeit).

Raum für Improvisation

Wie schon gesagt: Lasst bei euren Feten immer genug Raum für Improvisation. Wenn das Fest bis ins letzte Detail geplant ist, wird's langweilig. Manchmal läuft es auch ganz anders ab als geplant, und das ist dann meistens auch gut so. Am besten ist es sowieso, wenn ihr auf göttliche Führung vertraut.

Die Feste-Checkliste

Hier habe ich für dich eine Checkliste mit den für Feste benötigten Gegenständen erstellt. Da kommt ganz schön viel zusammen. Du kannst aber eine Auswahl treffen: Suche nur die Dinge aus, die du benötigst bzw. die ihr benötigt. Mache dir gleich mehrere Kopien dieser beiden Seiten (sie passen auf ein DIN A 4-Blatt). Dann hast du immer Checklisten für die Feten parat.

❏ Reinigungsmittel (damit sind nicht nur Putzmittel, sondern auch Räucherstoffe, Öle etc. gemeint)
❏ Besen
❏ Salz/Salzgefäß

> Ideal als Räuchermittel zur Reinigung eines Raumes vor dem Fest sind **Weihrauch, Benzoe, Zedernholz, Wacholder, Rosmarin** oder **Kampfer.**

❏ Altar (welche Dekoration?)

....

❏ Ritual-Set
❏ Magischer Kreis (Tuch, Matte, Teppich)
❏ Kreide (zum Ziehen des Kreises)
❏ Zündhölzer, Feuerzeug
❏ Kerzen (Anzahl: .... , Farben: ....)
❏ Teelichter
❏ Kerzenlöscher
❏ Räuchergefäße (feuerfeste Schalen/Unterlagen)
❏ Räucherkessel
❏ Räucherwerk
❏ Duftlampe(n)
❏ Kelch(e)
❏ Zauberstab
❏ Athame
❏ Bolline
❏ Amulette, Talismane

....

❏ Edelsteine

....

❒ Runen/Runensteine/Runenkarten

....

❒ Buch der Schatten/Tagebuch der Magie
❒ Bücher/Nachschlagewerke
❒ Bilder, Fotos

....

❒ Texte, Musiknoten
❒ CDs/MCs

....

....

❒ Glocke, Gong (zum Einläuten und Beenden des Rituals)
❒ Musikinstrumente

....

❒ Öle

....

❒ Dekorationsmaterial wie Girlanden, Luftballons, etc.

....

....

❒ Tischfeuerwerk
❒ Ritualkleidung
❒ Robe
❒ Gürtel
❒ Stirnband
❒ Bänder, Kordeln
❒ Ringe
❒ Schminke
❒ Masken
❒ Kostüme
❒ Geschenke

....

DEKORATION UND SONSTIGE VORSCHLÄGE

ALTAR

Über den Altar habe ich in meinen beiden vorhergehenden magischen Büchern schon ausführlich berichtet. Wichtig für euer Fest ist, dass ihr euch einig seid, womit ihr den Altar schmückt und was auf ihm liegen soll (möglichst geweihte Gegenstände!).

BLUMEN

Es versteht sich eigentlich von selbst, dass Plastikblumen im heiligen Raum der Hexen und Magier fehl am Platz sind. Dazu eine kleine Episode: Als ich das letzte Mal im wunderschönen Limburger Dom war, fiel mir mit Schrecken auf, dass auf dem Altar und überall im Kirchraum **Plastik**-Blumen standen und tatsächlich nirgendwo echte. Am Bücherstand hingegen lagen stapelweise verschiedene von Limburgern selbst produzierte Kirchenmusik-CDs. Irgendwie passte das Ganze für mich nicht zusammen ... Blumen der Jahreszeit findet man doch immer, nicht nur im Blumenladen. Irgendwo gibt's immer ein Fleckchen, wo was Passendes für deine Deko wächst. Oder nimm dir doch mal vor, für die nächsten Feste was Eigenes zu züchten, im eigenen Gärtchen oder in Blumentöpfen auf dem Balkon.

KOSTÜME

Im Keller, auf dem Dachboden, in Mamas oder Omas Klamottenkiste findest du bestimmt ein paar gute Kostüme. Wenn man Glück hat, kann man auch welche im Second-Hand-Laden oder auf dem Trödelmarkt günstig ergattern. Oder du fragst mal in einem Theater oder Kleidergeschäft nach ausrangierten Stoffen oder Kleidern. Auch unter den jeweiligen Festen (S. 42 ff.) bekommst du Vorschläge für Verkleidungen.

SCHMINKE

Inzwischen werden vielerorts Schminkkurse für magische Feste angeboten. Sehr interessant sind die Angebote und Kurse der Firma EULEN-SPIEGEL (www.eulenspiegel.de).

KRÄUTER

Wähle für die entsprechenden Feste vorzugsweise die Kräuter der Jahreszeit, und pflücke sie möglichst an den Esbaten, wenn sie die volle Kraft des Mondes in sich tragen.

WEITERE DEKORATIONSGEGENSTÄNDE

Girlanden, Luftballons, Konfetti, Tisch-Feuerwerk (ab 16) je nach Festcharakter.

SELBST GEBASTELTE DINGE

Es muss nicht immer was Gekauftes sein. Oft steckt in den selbst fabrizierten Dingen viel mehr Power, weil du sie ja selbst „geschaffen" hast.

KERZENFARBEN

Bei der Wahl der Kerzen ist es wichtig, dass du die richtigen Farben nimmst (stehen bei den Festen). Wachse die Kerzen vor dem Gebrauch im Ritual ein und weihe sie.

BELEUCHTUNG

Spots kommen immer gut und die kriegst du ganz günstig im Elektrofachhandel. Eine Lichtanlage (für den Kür-Teil) ist natürlich auch kultig.

DIAS

Mit Dias (und der entsprechenden Musik dazu) lassen sich wunderbare Stimmungen für eure Feten erzeugen (Blumen, Tiere, Menschen, Figuren, Landschaften usw.). Vielleicht hast du ja geeignete Dias von den Reisen, die du gemacht hast.

FILME UND VIDEOS

Als Höhepunkt oder krönender Abschluss einer Feier kommt ein Film bzw. ein Video immer gut. Ab Seite 130 findest du eine Auswahl mit den Vorschlägen zu den Festen.

DIE MAGIE DER WORTE

Anrufungen, Gebete, Gedichte, Funny Story

ZUM BEGINN EINES FESTES

Invokation
Dem Einen entgegen,
der da ist die Vollkommenheit
von Liebe, Harmonie und Schönheit,
dem einzig Seienden,
vereint mit all den erleuchteten Seelen,
die den Meister,
den Geist der Führung verkörpern.
Amen. Hazrat Inayat Khan

VOR DEM ESSEN

Sufisches Essensgebet
Oh Du Erhalter
unserer Körper, Herzen und Seelen,
segne alles,
was wir in Dankbarkeit empfangen.
Amen. Hazrat Inayat Khan

ZUM ENDE EINES FESTES / SEGENSGEBETE

Irisches Segensgebet
Der Herr segne Dich!
Er fülle Deine Füße mit Tanz,
Deine Hände mit Zärtlichkeit,
Deine Arme mit Kraft,
Deine Augen mit Lachen,
Deine Ohren mit Musik,
Deinen Mund mit Jubel,
Dein Haus mit Freude!
So segne Dich der Herr!

Sufi-Segen

Möge Gottes Segen auf Dir ruh'n.
Möge Gottes Frieden mit Dir sein.
Möge Gottes Gegenwart
Dein Herz erleuchten.
Jetzt und immerdar.
Amen. Hazrat Inayat Khan

Übersetzungen: Yan d'Albert

FUNNY STORY

Die Geschichten der orientalischen Witzfigur Mulla Nasrudin sind Lehrgeschichten und geben einem oft unglaubliche magische Flashs. Es heißt, dass jede seiner Storys sieben philosophische Schichten haben soll, wie bei einer Zwiebel. Diese Schichten zu entdecken gilt als spirituell äußerst wirkungsvolle Arbeit. Folgende Geschichte ist eine Kostprobe der zahlreichen witzigen Begebenheiten aus dem Buch **Die fabelhaften Heldentaten des vollendeten Narren und Meisters Mulla Nasrudin** von Idries Shah (Herder Spektrum). Ich empfehle es euch zum Vorlesen bzw. Diskutieren für eure Feste.

Mulla Nasrudin –
Der gastfreie Mulla

„Ich bin ein gastfreier Mensch", sagte der Mulla im Teehaus zu einer Gruppe alter Freunde. „Sehr gut, dann lade uns allesamt ein, bei dir zu Abend zu essen", entgegnete der genusssüchtigste. Nasrudin versammelte die ganze Gesellschaft und machte sich mit ihr auf den Weg nach Hause. Als sie beinahe dort waren, sagte er: „Ich will vorausgehen und meiner Frau Bescheid sagen. Ihr mögt hier warten." Seine Frau aber schimpfte ihn aus, als er ihr die Neuigkeit berichtete. „Es ist nichts zum Essen im Hause, schicke sie weg!" „Das kann ich nicht, mein Ruf der Gastfreundschaft steht auf dem Spiel." „Also gut, geh nach oben, und ich werde ihnen sagen, du seist nicht zu Hause." Nach etwa einer Stunde (!) wurden die Gäste unruhig, versammelten sich vor der Haustür und riefen: „Lass uns ein, Nasrudin." Die Frau des Mulla ging zu ihnen hinaus und sagte: „Nasrudin ist nicht zu Hause." „Aber wir haben gesehen, wie er ins Haus hineinging, und wir haben die ganze Zeit über die Haustür beobachtet." Sie schwieg. Der Mulla, der oben vom Fenster aus alles beobachtete, konnte sich nicht mehr beherrschen, lehnte sich hinaus und rief: „Es hätte aber doch sein können, dass ich durch die Hintertür hinausgegangen bin, nicht wahr!"

LIEDER

Mit dem Noten lesen ist das für manche so 'ne Sache. Nicht jeder kann das. Aber das ist auch nicht unbedingt notwendig. Wenn du nicht selbst ein Instrument spielst, kennst du bestimmt jemanden, der Noten lesen und die nachfolgenden Lieder auf Gitarre oder Keyboard begleiten kann. Außerdem gibt es die folgenden Lieder auch auf meinen CDs (siehe CD-Tipps):

Hine ma tow (*jüdisch*), S. 40 | **Halleluja** (*christlich*), S. 111
Om, Mata, om (*hinduistisch*), S. 101 | **Astarchfirullah** (*sufisch*), S. 49
The Earth is our mother (*indianisch*), S. 107 | **Elemente-Song** (*universell*), S. 35
Our magic is our give-away (*magisch*), siehe unten

Weitere empfohlene Liedtitel zum gemeinsamen Singen:
Oh happy day, He's got the whole world, Ananda Om, Freude schöner Götterfunken, Jerusalem.

Diese Lieder findest du neben vielen anderen (insgesamt ca. 100) in meinem Buch „Das spirituelle Songbook" (Windpferd-Verlag).

Our magic is our give-away — Amerikanisches Traditional

MUSIK-UND CD-TIPPS

Ich habe einige Zeit als Musikkritiker für Zeitungen und Zeitschriften geschrieben und tue dies auch heute noch hin und wieder. Das ist manchmal nicht einfach für jemanden, der selbst schon sehr lange Musik komponiert und produziert. Es war nie meine Art, ein neues Werk musikwissenschaftlich bis ins Letzte auseinander zu nehmen. Ich habe auch nie eine Musikproduktion verrissen, geschweige denn einen Interpreten bzw. einen Kollegen fertig gemacht. Ich weiß, wie dornenreich der Weg eines Künstlers sein kann und da wirkt so manch' ironisch-bissige Kritik für den Künstler wie ein emotionaler Todesstoß.

Musik ist immer eine Frage des Geschmacks. Bei den zauberhaften Geigenmelodien meines Freundes *Thomas Kagermann* oder der Musik der **Derwische** und **Sufis** falle ich wie automatisch in Trance. Einem anderen sagt diese Musik vielleicht überhaupt nichts. Übrigens: In eurem „Kür-Teil" muss ja auch nicht immer „Bummbumm" laufen. Nachdem man eine wunderschöne Zeremonie oder tief berührende Rituale hinter sich hat, kann manch harte Musik wie ein „soul killer" wirken. Daher ist es ratsam, geeignete musikalische Übergänge zu schaffen. Die nachfolgende Liste ist eine Auswahl von Titeln mit Kurzbeschreibung und soll dir bei der Suche nach der passenden Musik für magische Feten behilflich sein. Bei meinen eigenen Produktionen habe ich Presse- und andere Stimmen aufgeführt.

ZUR EINSTIMMUNG (z. B. *für die* Anrufung der Engel)

„**Light of angels**", Yan d'Albert, MEDITATIVE INSTRUMENTALMUSIK.
„Harmonisierende Melodien, gefühlvoll eingespielte Gitarren, zarte Frauenstimmen und ‚himmlische Klangcollagen' bilden die Grundlage von ‚Light of Angels'." KÖLNER STADT-ANZEIGER
„Egal wie gestresst, unruhig und aufgewühlt Sie sind, diese CD wird Sie beruhigen!" ASTROWOCHE
„ ... danke für die wunderschöne Musik! Ich kann in die weichen, lieblichen Klänge richtig abtauchen bzw. abheben" MARLENE

MANTRAS

„**Mantras heal the world**", Yan d'Albert, MANTRA SPIRITUALS. „Mantras aus den verschiedenen Traditionen: Muslimisch (sufisch), hinduistisch, buddhistisch, zoroastrisch, christlich, jüdisch und indianisch. Mitsingen ist möglich, Zuhören lohnt sich hier aber auch. Schöne Stimmen, Originalinstrumente (Ney = Rohrflöte, Oud = orientalische Laute, Mundharmonika, Gitarren), gute Arrangements." CD-VISIONEN.

„Om Namah Schiwaya", *Robert Gass*, Mantra Spirituals.
Etwas für sentimentale Gemüter. Schafft eine gute Atmosphäre.

„The essence", *Deva Premal*, Mantra Spirituals.
Interessante, modern arrangierte Mantra-Songs.

FÜR MAGISCHE FETEN ALLGEMEIN

„Delicious fruit", *Thomas Kagermann*, New Instrumental. Thomas Kagermann ist ein Zaubergeiger. Seine Musik ist wahrhaft mystisch und magisch, hat aber durchaus auch einen untermalenden Charakter und eignet sich daher gut für Feten. Sie lädt aber auch zum besinnlichen Lauschen und Seelen-Eintauchen ein.

„Jungle Book" und **„2001: A Worldbeat Odyssey"**, *Die Dissidenten.*
Musikalische Trips durch Indien und Arabien. Ethno-Worldmusic vom Feinsten!

„Thai Chi", *Oliver Shanti & Friends*, New Instrumental & Vocal.
Wunderschöne, chinesisch/tibetisch inspirierte Musik mit einem Riesen-Aufgebot an Musikern und Instrumenten.

JAHRESZEITENMUSIK

„Autumn", *George Winston*, New Instrumental.
Sehr ruhige, meditative und gefühlvolle Klaviermusik. Man spürt das malerisch-bunte Herbstlaub förmlich fallen. Wehmütige Klänge regen zum Weinen an. Andere Produktionen von George Winston: „WINTER", „REMEMBERANCE".

„Die vier Jahreszeiten", *Antonio Vivaldi*, Klasssik.
Der Hit unter den klassischen Musikproduktionen. Bei Jung und Alt gleichermaßen beliebt. Vivaldis lautmalerische Beschreibung der vier Jahreszeiten ist einfach genial.

VOKALMUSIK

folkloristisch

„The visit", Loreena McKennitt.

mittelalterlich

„Koboldtanz", Die Irrlichter.

„Wein, Weib und Gesang", „Schnorrer, Penner, schräge Narren" und „Gebet eines Spielmanns", Die Streuner.

„Von Räubern, Lumpen und anderen Schelmen", „Aequinoctium" und „Codex Lascivus", Schelmish.

KLASSISCHE MUSIK

„Also sprach Zarathustra", Richard Strauss.

„Bilder einer Ausstellung", Modest Mussorgsky.

„Der Zauberlehrling", Paul Dukas.

„Götterdämmerung", „Parsifal" und andere Opern von Richard Wagner.

„Lyrische Stücke für Klavier", Edvard Grieg.
Grieg ist einer meiner Lieblingskomponisten, und seine „Lyrischen Stücke" spiele ich am Klavier am allerliebsten. Die Sammlung besteht aus 66 zauberhaften Stücken (Titel wie „Kobold", „Schmetterling", „Elfentanz" u. a.).

„Peer Gynt", Edvard Grieg.

„Planetensuite", Gustav Holst.

„Symphonie Phantastique", „Fausts Verdammnis", Hector Berlioz.

FÜR RITUALE

Hexenrituale

„Terra Mystica" *mit Hannes Wollmann, Hannes Hogl u. a.*, und unter Mitwirkung der Hexe Thea.
Das Album gefällt mir musikalisch gut. Die meisten Titel („Luna", „Samhain" u. a.) sind für magische Feste geeignet.

„Magic love", *Thea.*
Man kann zu Thea stehen, wie man will (Diese „Hexe" ist für „normal sterbliche Menschen" scheinbar unerreichbar ... auch für mich bisher). Aber ihre Alben haben etwas, was mich musikalisch und spirituell anspricht. Wenn die Produktionen auch nicht die typische professionelle Geschliffenheit haben, so kommen auf dem Album „Magic Love" dennoch Stücke wie „Aradia", „Venus & Eros", „Bel & Tanit" gut rüber.

Schamanistische Rituale

„Shaman`s breath", *Professor Trance & the energisers.*
Die ultimative CD für schamanistische Rituale und Trance Dance aus dem Hause Frank Natale. Die Titel gehen tierisch ab. Bei dem Stück „Kozuma" hält es mich nicht mehr auf dem Stuhl. Sobald ich es höre, verspüre ich den Drang, darauf zu tanzen und würde am liebsten in die Luft springen, um dort weiterzutanzen. Jede Menge Instrumente, gute Stimmen und Sounds. Sehr perkussiv und transparent arrangiert. Originelle, satte Didgeridoo-Klänge. Natürliche und elektronische Sounds ergänzen sich einzigartig. Die Scheibe wirkt nie langweilig. Alles in allem sehr authentisch und überzeugend. Wer bei der Musik nicht loslegt und abtanzt, ist selbst schuld ... Genug geschwärmt, Schamanen und Trance-Dance-Freaks, einfach anhören!

„Totem", *Gabrielle Roth & the Mirrors.*
Trance-Dance mit reiner Perkussion und passenden, einfachen Rhythmen.

„Waves", *Gabrielle Roth & the Mirrors.*
Schamanische Reisen, perkussionsbetonte, interessante Produktion, instrumental reichhaltiger besetzt als „Totem", teilweise mit nonverbalem Gesang, schönen, ekstatischen Stimmen.

„Planet drum", *Mickey Hart.*

„Feet in the soil", *James Asher.*

„Dance into Trance", *Moussa Rosenfeld.*

„Songs of the circle", *Lea Wolfsong.*

Indianische Rituale

„Indians" und **„Sacred Spirit" Vol. 2**, *Sacred Spirit*.
Indian Pop-Rock-Produktion zum Abtanzen, eine meiner absoluten Lieblingsscheiben.

„Fly like an eagle", *Gila Antara*.
Sehr schöne und auch bekannte indianische Lieder.

Sufi-Rituale *(Dhikr, Drehen, göttliche Ekstase)*

„Ocean of remembrance", *Oruc Güvenc & Tümata*.
Ein Sufi-Klassiker, der seinesgleichen sucht, mit Improvisationen und Dhikr (= Gedenken an Gott). Titel u. a.: „Bismillah ar-Rahman", „Seni ben severim" (Yunus Emre), "La illaha il Allah". Mit Sufi-Gesang (ilahis) und orientalischen Musikinstrumenten. Schafft eine magisch-spirituelle Atmosphäre. Gut auch zur Reinigung von Räumen und Vorbereitung von Ritualen. Oruc Güvenc wirkt als Sufi-Musiker, Lehrer und Schamane und ist Begründer der „Schule für altorientalische Musiktherapie".

„Sufi Ecstasy", *Yan d'Albert* (Maxi-Single, ca. 10 Minuten).
Die Sufi-Rezitation bzw. das Mantra „La illaha illa Llah" in arabisch-poppigem Gewand. Geeignet für Bewegung und Drehen.

Erde-Rituale

„Gaia – An Ecological Meditation", *David Hopkins*. Zauberhaft schöne, geniale Musik unter Verwendung ausschließlich natürlicher Instrumente, mit Urwaldgeräuschen aus dem brasilianischen Dschungel. Technisch absolut brillante Aufnahmen. Ein Schatz in jeder Musiksammlung, genauso wie das zweite Album „Hear the Grass" von David Hopkins. An dieser Stelle muss ich unbedingt einen Auszug zum ersten Titel „Shaman" aus dem Booklet von „Gaia" wiedergeben. Er vermittelt nicht nur die Botschaft dieses Albums sondern auch eine universelle Message: „Diejenigen Stammesgesellschaften, welche dem Vormarsch der westlichen Zivilisation standhalten, sind die wahren Träger von Gaia. Sie leben in einem harmonischen Verhältnis zu ihrer Umwelt, die einerseits Grundlage ist für Nahrung und Obdach, andererseits die Quelle ihrer Spiritualität darstellt. Von diesen Völkern könnten wir vieles lernen, wenn wir uns nicht von der eigenen ‚Weisheit' blenden ließen. Dem ‚goldenen Kalb' des materiellen Wachstums haben wir vieles geopfert: unsere Mythologie, unsere Magie, vielleicht gar das Überleben unseres Planeten. Durch das emsige Treiben des zivilisierten Menschen werden viele Naturvölker in ihrer angestammten Heimat ernsthaft bedroht. ‚Shaman' ist diesen Völkern und allen anderen Menschen gewidmet, welche in respektvollem Kontakt zur Erde leben."

INTUITIVE, AUS DER IMPROVISATION ENTSTANDENE MUSIK

„Emotional", Hans Fischer, Yan d'Albert, Tilmann Höhn, Wolfgang Stamm. Musik für tiefe, seelische Erfahrungen und (Heil-)Prozesse.

„Das Herz", Papalagi.
Papalagi ist der Titel eines tollen Buches und gleichzeitig der Name eines Südseehäuptlings, dessen Reden darin aufgezeichnet sind. Die Gruppe Papalagi, eine Fusion aus namhaften Musikern in und um Köln, versteht es, „im Moment geborene Musik", also rein improvisierte Musik zu machen. Und was bei ihren Produktionen herauskommt ist einfach genial. Von Papalagi existieren noch eine Reihe ausgefallener, hörenswerter Live-Aufnahmen (z. B. aus dem Stadtraum Köln oder von der Grube Louise), erhältlich als exklusive Einzelpressungen!

MEDITATIONEN

„Klingende Edelsteine", Yan d'Albert.
„Insgesamt eine gelungene, lebendige und ausgewogene Produktion." DAVIC LUCZYN, ESOTERA. „Hebt sich wohltuend vom New-Age-Einerlei ab." FRANK SIEPMANN, FORUM. „Ich war angenehm überrascht. Die Musik ist sehr sensibel komponiert." HELMUT WHITEY KRITZINGER, AUTOR UND LEITER DER ESOTERISCHEN AKADEMIE DARMSTADT. „Seine Musik ist eine mit Herz!" RALPH KRAUSE, PSYCHOTHERAPEUT UND REIKI-MEISTER.

FÜR LIEBESRITUALE

„Flying heart", Yan d'Albert.
„Hier geschieht wirklich Musik … Ich höre die CD wieder und wieder. Jeder Track ein zarter Ruf in die Stille." CHRISTIAN SALVESEN, MENSCH & SEIN. „Multi-Instrumentalist und Komponist Yan d'Albert und seinen Musikern hört man die Freude an der Arbeit mit jedem Ton an. Eine hörenswerte Melange aus keltisch-klassischen Elementen, leichten Keyboard-Arrangements und verträumtem Gesang." CLAUDIA HÖTZENDORFER, VISIONEN. „Wunderschöne Musik voller Herz und Wärme, ein bisschen Lagerfeueratmosphäre, sehnsuchtsvolle Romantik … Für Verliebte und solche, die es noch werden wollen." LEBENSART-MAGAZIN.

Die meisten der oben genannten CDs können über SOL MUSIC (www.solmusic.de) bezogen werden. Eine weitere Auswahl von Titeln aus dem **Pop-/Rock**-Bereich, die ich für Feste empfehlen kann:

ANRUFUNGEN / GEBETE

„Lieber Gott", *Marlon & Freunde*
„My sweet lord", *George Harrison*
„Morning has broken", *Cat Stevens**
„Desiderata", *Friedrich Schütte* (ein Klassiker mit wunderbarem, Trost spendendem Text und musikalischer Untermalung).

LIEBESFESTE

„Missing you", *Band ohne Namen*
„All you need is love", *Beatles*
„How deep is your love", *Bee Gees*
„Song for you", *Elton John*
„I just called to say I love you", *Stevie Wonder*
„One in a million", *Bosson*
„I believe", *Bro'Sis*

ALLGEMEIN FÜR FETEN

„Sternraketen", *Rosenstolz*
„Let this party never end", *Mark Oh*
„Fly with me (to the stars)", *DJs@Work*
„Celebration", *Mike Oldfield*
„It`s a kind of magic", *Queen*

Weitere Interpreten und Gruppen, deren Musik ich zum Einsatz für magische Feste empfehlen kann: MARILYN MANSON, ALICE COOPER, T. REX, DAVID BOWIE, BRIAN ENO, ENIGMA, ENYA (schau auch hier im Buch unter den Festen nach).

Sicherlich kennt ihr selbst noch eine ganze Menge Titel und seid, was aktuelle Songs angeht, mehr auf dem Laufenden als ich.

Manche Liedtitel sind (auch im Folgenden) mit einem Stern (*) gekennzeichnet. Das bedeutet, dass du die Noten dazu, mit Text, Akkordsymbolen und teilweise Erläuterungen versehen, in meinem SPIRITUELLEN SONGBOOK (Windpferd-Verlag) findest. Es enthält über 100 Lieder, Heilgesänge und Mantras.

> *"Deine Musik regt meine Seele zum Tanzen an.*
> *Im Säuseln des Windes vernehme ich Dein Flötenspiel.*
> *Die Wogen des Meeres bewahren den Rhythmus Deiner tanzenden Schritte.*
> *In der ganzen Natur vernehme ich Deine Schritte, mein Geliebter.*
> *Im Tanze verkündet meine Seele in Liedern ihre Freude."* Hazrat Inayat Khan

MAGISCHE TÄNZE

Magische Tänze gibt es schon sehr lange. Tanzen weckt positive Energien: Es entwickelt innere Bilder in dir, bringt dich ins Gleichgewicht, in Harmonie mit dir selbst und deiner Umwelt. Von jeher nutzten die Menschen den Tanz, um mit Geistern und Göttern in Verbindung zu treten. Noch heute lassen sich in Höhlen uralte Felszeichnungen von tanzenden Schamanen finden. Tanzen wirkt förderlich auf Glück, Wahrnehmung und Gesundheit.

Einen Tanz können wir dann **magisch** nennen,

- wenn er zu Ehren eines Gottes oder mehrerer Götter, von Naturgeistern, Pflanzen und Tieren getanzt wird.

- wenn die Tänzer gemeinsam ein starkes Kraftfeld aufbauen.

- wenn sie die im Tanz gewonnene Energie zur Heilung einsetzen.

Tanz- bzw. Drehrichtungen

Nachfolgend werden die Tanz- bzw. Drehrichtungen mit **deosil** oder **widdershins** (bzw. **widdersinn**), zwei alten Ausdrücken aus der Hexentradition, bezeichnet.

DEOSIL = im Uhrzeigersinn, die eher weibliche Bewegungsrichtung.

WIDDERSHINS oder **WIDDERSINN**
= **entgegen dem Uhrzeigersinn**, die eher männliche Bewegungsrichtung. Sie wird oft auch zum Auflösen eines Kreises angewandt.

Die meisten Teilnehmer meiner Workshops und Seminare wollen hauptsächlich tanzen und singen. Und der Tanz ist auch das Herzstück unserer magischen Kultur. Deswegen habe ich diesem Thema ein längeres Kapitel gewidmet.

Es gibt kein größeres Glück als Ekstase ...
Hazrat Inayat Khan

EKSTASETECHNIKEN

Ich habe kein Patentrezept für dich, wie du in Ekstase kommen kannst. Aber es ist mir oftmals möglich, in meinen Seminaren Impulse dafür zu

geben. Jeder Mensch ist anders und reagiert unterschiedlich auf innere und äußere Reize wie Laute, Töne, Musik, Menschen, Natur usw. Wenn Ekstase zu dir kommt, dann wie ein **Geschenk**, eine **Gnade**. In diesem Wort steckt sich „genahen"; das heißt: ein übersinnliches bzw. göttliches Ereignis kommt dir sehr nahe.

Im Wesentlichen gibt es zwei Arten von Ekstase bzw. Möglichkeiten, ekstatische Zustände hervorzurufen:

1. Die innerliche Ekstase, die durch tiefe Versenkung ausgelöst wird: Sie wird auch als Kontemplation oder Meditation bezeichnet. In der christlichen Mystik begegnen wir dieser Form von Ekstase bei Theresa von Avila, Johannes vom Kreuz u. a. Mystikern.

Ruhige, eintönige, vorzugsweise instrumentale Musik kann für diese Art von Ekstase sehr förderlich sein.

2. Die äußerliche Ekstase, durch körperliche Bewegung z. B. drehen, stampfen, springen oder tanzen verursacht (Derwische, Indianer, 5 Tibeter).

Es existieren spirituelle bzw. magische Schulen, die beides praktizieren. Es gibt aber auch Traditionen, und das ist durchaus zu respektieren, die eine **äußerliche** Ekstase teilweise oder ganz ablehnen und die **innerliche** Ekstase (schweigende Mantra-Rezitation, innere Gebete, Kontemplation, Meditation) vorziehen.

„**Doctor Faustus**", Rembrandt, 1652

Hexentänze

Hexen und Magier haben es schon immer geliebt, zu tanzen. Besonders gern tun sie dies natürlich an ihren acht großen Jahresfesten und den zwölf bzw. dreizehn Esbaten. Wenn möglich in einer Vollmondnacht! Sie bewegen sich meist linksdrehend ums Feuer herum, also **deosil**. Dabei rufen sie – oftmals maskiert und bemalt – ihre Gottheiten, Naturgeister und Elemente an. Es gibt keine Standard-Tanzkultur der Hexen, Gott/ Göttin sei's gedankt! Im Gegensatz zu den klassischen Tanzformen wie

Walzer, Tango, Foxtrott usw. sind Hexentänze in Schrittfolge und Tanzfigur nicht verbindlich vorgeschrieben. Dies widerspräche auch der intuitiven, freigeistigen Natur eines Hexenkults. Doch es gibt auch manche Coven, die ihre ganz speziellen Tänze entwickelt haben und immer wieder anwenden.

Merkmale eines Hexen-Tanzes

- Die Tänze finden überwiegend an einem der 8 Sabbate oder einem der 12 bzw. 13 Esbate statt und, wenn es die Witterung erlaubt, im Freien.

- Vollmondnächte werden für Hexentänze bevorzugt.

- Die Tanzrichtung ist links herum, das heißt im Uhrzeigersinn (deosil).

- Es werden Gottheiten und Naturgeister angerufen.

- Auch der Gebrauch von Masken ist üblich.

- Der Kontakt mit den Elementen (Erde, Wasser, Feuer, Luft, Äther) und die Naturverehrung überhaupt spielen dabei eine große Rolle (ums Feuer tanzen, Gesten zur Nachahmung und Huldigung der Natur usw.)

DER HEXEN-SPIRAL-TANZ

Für diesen Tanz sollten sich mehrere Hexen zusammenfinden, damit ihr auch eine richtige Spirale bilden könnt. Eine im Tanz schon etwas erfahrene, rhythmisch begabte Person unter euch sollte die Spirale anführen. Ein nicht in der Spirale befindlicher Teilnehmer schlägt den Rhythmus mit einer Trommel. Falls ihr keine zur Hand habt, erfüllt entsprechende Musik vom Band (siehe Auswahl-Liste Seite 22) auch ihren Zweck. Die Hexen schreiten bzw. tanzen genau im Rhythmus des Trommelschlages. Das Tempo kann beschleunigt werden, sodass der Tanz gegen Ende sehr schnell und ekstatisch wird.

Bildet erst einmal einen Kreis. Dann unterbricht die anführende Tänzerin/der Tänzer den Kreis und bewegt sich **widdershins** (oder **widdersinn**) und kreisend allmählich in die Mitte, bis eine Spirale entstanden ist. Im Mittelpunkt schlägt sie dann die andere Richtung ein, also **deosil**, und bewegt sich auf demselben Weg wieder zurück, bis erneut ein Kreis gebildet ist.

Sonne und Mond – das „ewige" Fest

Sonnen- und Mondkulte sind so alt wie die Menschheit. Die Sonne ist als erdnächster und vorherrschender Himmelskörper Lebensgrundlage für unseren Planeten und Mittelpunkt unseres Universums. Sie wurde daher in vielen Traditionen als Gottheit verehrt, z.B. als SOL (röm., kelt.), SUNNA (germanisch), ATTHAR (altarab.), AMATERASU (japanisch). Ebenso der Mond (siehe Fest der Mondgöttin, S. 99).

Mondtänze

Mondtänze sind uralte Tänze und wurden ursprünglich von Frauen ausgeführt. Wir wissen nicht so genau, wie die Mondtänze damals getanzt wurden, können aber davon ausgehen, dass bestimmte Mondstände wie Vollmond, zunehmender oder abnehmender Mond tänzerisch nachgebildet wurden. Sicher ist, dass Mondtänze grundsätzlich links herum, also im Uhrzeigersinn (deosil), getanzt wurden.

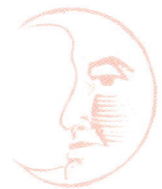

Göttinnentänze

DIE DYNAMISCHE KALI-TANZMEDITATION

Zusammen mit der amerikanischen Autorin *Rhea Powers*, dem Seminarleiter *Gawain*, dem Flötisten *Hans Fischer* und anderen Wiesbadener Musikern spielte ich die rockige, sehr perkussions- und schlagzeugbetonte Musik zur CD **The Kali Meditation** ein. Diese so genannte dynamische Meditation in vier Phasen ist der Göttin *Kali* gewidmet. Nach der hinduistischen Tradition zerstört *Kali* alte, überkommene Strukturen, um Raum für Neues zu schaffen. Mit dieser Tanzmeditation ist es möglich, dunkle Aspekte unseres Wesens bewusst auszudrücken und zu akzeptieren. Wenn du also momentan in einer sehr aggressiven Phase steckst, ist diese Scheibe ideal, um sich den ganzen Frust und Ärger von der Seele zu tanzen. Ich lege mir die Scheibe hin und wieder selbst auf, tanze mich in Ekstase und heule dann meist Rotz und Wasser. Superreinigend!

Schamanentänze

Die Tänze der Schamanen werden in erster Linie zu Heilungszwecken eingesetzt, innerhalb derer die Geister beschworen werden. Nach schamanischer Lehre ist **Seelenverlust** die Ursache aller Krankheiten. Im übersinnlichen Bewusstseinszustand, der so genannten „**nicht-alltäglichen Wirklichkeit**", bereist der Schamane je nach Krankheitsbild die Ober-, Mittel- oder Unterwelt und holt dann verlorene Seelenteile der kranken Menschen wieder zurück. Diese Technik der Seelenrückführung sollte jedoch nur von erfahrenen Therapeuten und ausgebildeten Schamanen ausgeübt werden. Ihr könnt aber schamanische Musik für eure Feste verwenden, wobei es euch freigestellt bleibt, die Musik vom Band abzuspielen oder eine Schamanentrommel auf die typisch monotone Art und Weise zu schlagen. Dabei könnt ihr nützliche Klang-Erfahrungen machen.

Trance Dance

Es gibt nicht **den einen Weg** zum Trance Dance. Es ist immer dein eigener Weg, den du dorthin zurücklegst. Trance Dance ist nicht nach außen gerichtet, ist kein Show-Tanz. Vielmehr bringt er dir Entspannung, Energetisierung sowie körperliche, geistige und seelische Heilung. Finde deinen eigenen Rhythmus und deine eigenen Bewegungen. Nimm dir viel Zeit dafür, schau dabei niemals auf die Uhr. Du kannst alleine oder in der Gruppe Trance Dance machen, das ist egal. Wie findest du zum Trance Dance? Als Erstes: Hab Vertrauen! Wenn du innere Ängste hast, können diese sich in Erregung verwandeln. Du brauchst nicht viel Platz für diesen Tanz, denn der eigentliche Prozess zur Trance findet in dir statt.

Stehe locker, mit leicht geöffneten Beinen. Mach deinen Kopf leer und entspanne dich!

Schließe deine Augen oder noch besser: Trage eine Augenbinde. So wirst du nicht so leicht abgelenkt.

Lasse Bilder entstehen und bewege dich in deiner inneren Landschaft.

Wenn du in fremde Bereiche abdriftest – vor allem, wenn du alleine bist und/oder keine Anleitung und Führung durch eine erfahrene Person hast, versuche auf jeden Fall, die Kontrolle über dich zu behalten. Das heißt: Sei dein eigener Beobachter, dein eigener „Dompteur".

Indianertänze

Von den Indianern kennen wir eine Reihe von Tänzen, die wir europäischen Menschen teilweise ausführen können. Einige sind äußerst schmerzhaft und gefährlich und daher zur Nachahmung nicht zu empfehlen.

Der **Sonnentanz** war das wichtigste Ritual nordamerikanischer Stämme. Dabei ging es ziemlich heftig ab: Die Indianer versetzten sich in Ohnmacht und folterten sich oft selbst. Der Sonnentanz ist zur Nachahmung auf keinen Fall zu empfehlen. Im Jahre 1910 wurde er von der US-Regierung verboten, später wieder zugelassen, doch ohne die Selbstfolterung.
Nicht weniger gefährlich war der **Schlangentanz**, der neun Tage dauerte. Er sollte die Schlangengötter gnädig stimmen und Regen und eine gute Ernte bescheren. Die Frauen bestäubten zahlreiche Klapperschlangen mit Maismehl. Die Männer nahmen sie daraufhin in den Mund(!) und tanzten mit ihnen. Nach Beschwörungen und Zauberritualen wurden die Schlangen, in der Hoffnung auf baldigen Regen und eine gute Ernte, wieder in die Freiheit entlassen.

Für jeden nachvollziehbar ist der folgende Tanz aus der Tradition der Hopi-Indianer:

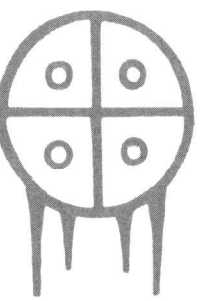

TOWAKATSCHI– der Tanz für Mutter Erde

Klingt wie „Tamagotschi", hat aber nicht das Geringste damit zu tun ... Towakatschi heißt so viel wie: **Die schöne Erde ist für alle Menschen**. Dieser Tanz ist also eine Huldigung an unsere Mutter Erde. In meinen Seminaren erfreut er sich schon seit mehreren Jahren besonderer Beliebtheit. Das Einzigartige an diesem Tanz ist, dass er unser ökologisches Bewusstsein wachruft und fördert. Gleichzeitig ist er aber auch ein total witziger Tanz, der mehrere Körperteile einbezieht. Manche Teilnehmer in meinen Seminaren wollten gar nicht mehr damit aufhören und lagen teilweise vor Lachen am Boden.

Idealerweise tanzt man ihn im Freien, und zwar barfuß. Ihr könnt ihn aber auch zu Hause machen. Je zwei Partner stehen sich im Abstand von etwa einem Meter gegenüber.

Step 1

Sprecht erst einmal gemeinsam laut im Rhythmus und jede Silbe gleichmäßig betonend mehrmals das Mantra:

TO-WA-KA-TSCHI, TO-WA-KA-TSCHI *usw.*

Step 2

Jetzt stampft mit den Füßen im Rhythmus der gesprochenen Silben und
zwar auf einer Stelle. Der linke Fuß fängt an:

TO – WA – KA – TSCHI
links   *rechts*   *links*   *rechts*

Step 3

Nun bildet Paare. Sprecht, erneut stampfend, das Towakatschi-Mantra
und klatscht dabei auf der ersten und letzten Silbe erst einmal in die
eigenen Hände. Wenn das gut gelingt, klatscht ihr statt in eure eigenen
in die erhobenen Hände eures Partners, also:

TO – WA – KA – TSCHI
links   *rechts*   *links*   *rechts*
(Hände-Klatschen)   (Hände-Klatschen)

Step 4

Wenn Step 3 klappt, klatscht ihr euch zusätzlich bei der zweiten Silbe
mit beiden Händen auf euren Bauch, also:

TO – WA – KA – TSCHI
links   *rechts*   *links*   *rechts*
(Hände-Klatschen) (Bauch-Klatschen)   (Hände-Klatschen)

Step 5

Ihr bewegt euch von der Stelle, mal der eine vorwärts, der andere rück-
wärts und umgekehrt oder seitwärts nach links und rechts oder sich dre-
hend gegen den oder im Uhrzeigersinn.

Step 6

Eine ganz besonders witzige Variante: Stellt euch Rücken an Rücken, Po
an Po, und bewegt euch so sprechend, klatschend (wieder in die eigenen Hände) und stampfend in alle möglichen Richtungen. Es bleibt eurer
Fantasie überlassen, noch weitere Varianten dieses Tanzes zu erfinden.

Wirkungen: Abgesehen von der Wirkung des gesprochenen Mantras, haben diese Bewegungen durch das Stampfen, Klatschen und Drehen eine lösende und befreiende Wirkung auf deinen Körper, deinen Geist und deine Seele. Wechselt untereinander, bis sich alle Pärchen-Varianten ergeben haben. Wem' s Spaß macht, der kann beliebige Runden wiederholen.

Derwischtänze

DREHEN WIE DIE DERWISCHE

Vor einigen Jahren hatte ich das große Glück, im Mannheimer RO-SENGARTEN die „Original" Drehenden Derwische aus Konya (Türkei) zu erleben. Es war ihr erster öffentlicher Auftritt überhaupt, denn bislang war das Drehen (eine Ausnahme bildeten andere Gruppen z. B. aus Istanbul) immer ein intimes und internes Ritual geblieben. Die Mannheimer Presse muss etwas blind und taub gewesen sein, denn sie schrieb recht unsensibel, „dass da eigentlich gar nicht so viel passierte".
Doch es passierte eine ganze Menge: Zauberhaft subtile Sufi-Musik, mit exotischen Instrumenten gespielt und von virtuosen Gesängen begleitet, ertönte. Und die Männer in langen weißen Kleidern drehten sich nicht nur um ihre eigene Achse, sondern auch im Kreis um ihren in der Mitte stehenden Meister – und das mit geschlossenen Augen(!) nahezu zwei Stunden lang! Dabei behielten die Mevlana-Derwische stets die absolute Kontrolle über ihren Körper.
Ich war so tief berührt von diesem „Spektakel", dass ich beschloss, selbst die Kunst des Drehens zu erlernen. **Sema**, so heißt dieses Derwisch-Ritual, ist eine magische Technik, die die innere Entwicklung und Wahrnehmung fördert, die Seele befreit und eine Verbindung mit dem Göttlichen schafft.

DREHEN – WAS IST SCHON DABEI?

Drehen – was ist schon dabei? – wirst du jetzt vielleicht denken. So nach dem Motto „Schubidu, dreh ich mich, drehst auch du ..." Aber stell dir das nicht zu einfach vor. Außerdem ist es auch nicht ganz ungefährlich. Einer meiner Lehrer, ein persischer Tanzmeister und Derwisch, hat die Teilnehmer unserer Gruppe gleich zu Beginn des ersten Kurses gewarnt: Unbedachtes Drehen kann zu Schädigungen führen. In meinen **Magic-Training**-Seminaren, bei denen ich Drehtänze lehre, muss ich – auch wenn ich mich mitdrehe – jeden einzelnen Teilnehmer im Auge behalten, energetisch spüren und notfalls auffangen können.

DREHEN FÖRDERT GLÜCK, WAHRNEHMUNG UND GESUNDHEIT

Magische Tänze sind das Geheimnis für körperliche, geistige und seelische Gesundheit der Hexen und Hexer, Schamanen und Indianer, Derwische und anderer Tanzmagier. Beim Tanzen und Drehen werden Glückshormone freigesetzt. Wenn sich ein Tanz-Teilnehmer zum ersten Mal dreht, ist dies für ihn oft ein einschneidendes Erlebnis, nicht selten sogar eine totale **Transformation** (= Umwandlung), hin zu einer neuen, positiven Lebensrichtung.

DER RICHTIGE DREH

Wenn du dich drehen willst, achte darauf, dass du den richtigen Dreh findest, d.h. deine natürliche Drehrichtung. Die meisten Mädchen und Frauen drehen sich intuitiv nach rechts, die Jungen und Männer nach links. Aber das muss nicht die Regel sein. Drehe dich nach Gefühl, aber erst mal langsam und vorsichtig. Am Anfang solltest du dich nicht länger als 1 bis 2 Minuten drehen. Dann mache eine Pause. Wenn dir schwindlig wird, so drehe dich langsam wieder aus, und komme dann zum Stehen. Dann fixiere längere Zeit einen **ganz bestimmten Punkt im Raum oder deine vor den Augen erhobene Hand**, so lange, bis dir nicht mehr schwindlig ist und du alles um dich herum wieder klar sehen kannst.

Fixieren

Stehen

Drehen

Der magische Elemente-Tanz

BEWEG DICH IM KREIS DER ELEMENTE!

Der **Elemente-Tanz** ist ein einfacher Tanz, der den fünf Elementen huldigt. Ich habe ihn auf der Grundlage hexenkultiger, indianischer und altpersischer Bewegungen und Anrufungen zusammengestellt und ein magisches Lied dazu komponiert (siehe Noten). Tanze ihn mit mindestens 3 oder mehr Freunden. Ihr könnt den Text dazu sprechen oder singen. Die jeweiligen Tanzschritte sind mit R = rechter Fuß und L = linker Fuß bezeichnet. Bildet einen Kreis und stellt euch mit den Gesichtern entgegen dem Uhrzeigersinn im Kreis auf. Der rechte Fuß beginnt. Auf „ERDE" breitet ihr eure Arme aus und haltet die Handinnenflächen parallel zum Boden. Auf „WASSER" deutet ihr mit den Händen und mit kribbelnden Fingern von oben nach unten rinnendes Wasser an. Auf „FEUER" klatscht ihr in die Hände, um eine Flamme zu imitieren und führt die Hände dabei nach oben. Bei „LUFT" lasst ihr die Hände oben

in Bewegungen, wie die eines fliegenden Vogels, kreisen. Bei „KOS-MOS" fasst ihr euch an den Händen und geht zusammen in die Kreis-mitte, die Hände langsam nach oben hebend. Bei „KREIS" sind die Hände ganz oben und ihr steht alle eng zusammen. Dann geht ihr rück-wärts und lasst die Arme allmählich wieder nach unten sinken, bis ihr beim zweiten Wort „KREIS" wieder in der Ausgangsposition steht. Eine neue Runde beginnt, und ihr könnt das Ganze nach Belieben wiederho-len.

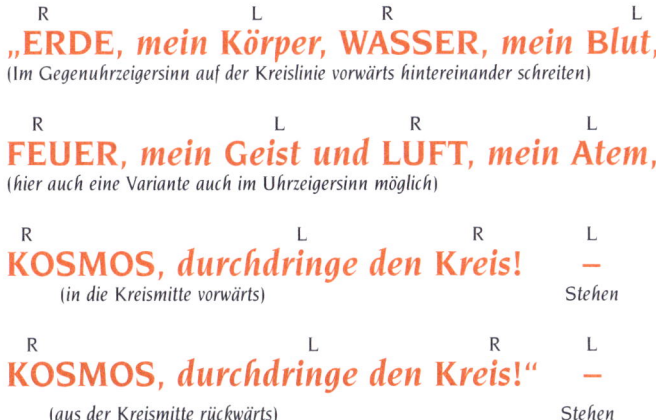

R　　　　L　　　　R　　　　　L
„ERDE, *mein* **Körper,** **WASSER,** *mein* **Blut,**
(*Im Gegenuhrzeigersinn auf der Kreislinie vorwärts hintereinander schreiten*)

R　　　　L　　　　R　　　　L
FEUER, *mein* **Geist und LUFT,** *mein* **Atem,**
(*hier auch eine Variante auch im Uhrzeigersinn möglich*)

R　　　　L　　　　R　　　L
KOSMOS, *durchdringe den* **Kreis!**　　–
(*in die Kreismitte vorwärts*)　　　　　　　　*Stehen*

R　　　　L　　　　R　　　L
KOSMOS, *durchdringe den* **Kreis!"**　　–
(*aus der Kreismitte rückwärts*)　　　　　　　*Stehen*

Elemente-Song

Music & words: Yan d'Albert

Er - de, mein Kör - per, Was - ser, mein Blut,

Feu - er, mein Geist und Luft, mein A - tem.

Kos - mos, durch - drin - ge den Kreis.

Der Bänder-Tanz

Er ist ein beliebter Tanz, der bis auf unsere ursprünglichen Traditionen zurückgeht. Der Bänder-Tanz eignet sich für alle Hexenfeste, vor allem aber für Walpurgis und Beltane.

Ihr benötigt:

Verschiedenfarbige, bunte Bänder.

Wählt eine fröhliche, leichte und beschwingte Musik, z. B. Stücke aus *Antonio Vivaldis* „Vier Jahreszeiten" oder etwas Ähnliches. Alle suchen sich ein Band in ihrer Lieblingsfarbe aus. Dann spricht jeder aus, welche Bedeutung es für ihn hat, z. B.:

„Ich habe ein rotes Band gewählt, das meinen Willen und meine Entschlusskraft stärken soll" oder „Ich habe ein violettes Band gewählt, weil für mich das Spirituelle im Moment eine besondere Bedeutung hat."

Nun verwebt eure Bänder tanzend ineinander. Stellt euch dabei vor, was ihr euch als Lebensziel gesetzt habt und webt diese Vorstellung mit hinein. Lasst die Bänder sich immer enger und enger miteinander verschlingen, bis ein richtiges Kraftknäuel entstanden ist. Dann geht alle zur Mitte und werft das Knäuel mit einem „Amen" oder „So sei es" in die Luft und lasst es auf den Boden fallen.

Der Bänder-Baum-Tanz

Eine sehr schöne Variante des Bänder-Tanzes ist der Bänder-Baum-Tanz.

Ihr benötigt:

Gleich lange, bunte Stoffbänder (ca. sieben Meter lang)
Ein Seil aus natürlichem Material (Hanf etc.)
Wählt einen großen, kräftigen und freistehenden Baum, dessen Äste relativ hoch wachsen. Schlingt um den Stamm ein Seil wie einen Ring und befestigt es dort mit einem Knoten. Die mitgebrachten bunten Stoffbänder sollten sehr viel länger sein als beim Tanz zuvor. Dann verknotet ihr die Bänder am Seil und lasst sie herunterhängen. Nun nimmt jeder sein Band und tanzt im Uhrzeigersinn um den Baum herum. Die Bänder verweben sich miteinander und bilden interessante Muster. Natürlich kannst du auch bei diesem Tanz mit den Wünschen ähnlich verfahren wie beim Bänder-Tanz.
Nicht vergessen: Nach dem Fest die Bänder wieder abnehmen!

Runentänze

Die **Runen** sind die ältesten Schrift- und Symbolzeichen der germanischen und nordischen Völker. Sie sind die Vorläufer unserer heutigen Buchstaben. Von den verschiedenen Runenreihen ist das **24er-System** geschichtlich am eindeutigsten nachweisbar und hat sich praktisch am besten bewährt. Beim „Stadha", dem Runen-Yoga, und den Runen-Tänzen bilden wir in der Bewegung oder im Tanz die Form der jeweiligen Runen nach. Leider haben wir darüber keine exakten Überlieferungen aus der Vergangenheit. Aber wir können davon ausgehen, dass solche Bewegungen und Tänze tatsächlich einmal existiert haben. Schon allein die Formen dieser Runenzeichen geben uns die Inspiration für verschiedene Bewegungsabläufe. Die Posen bzw. Bewegungen sind nicht festgelegt. Unserer eigenen Fantasie sind dabei keine Grenzen gesetzt. Anhand nachfolgender Tabelle könnt ihr die Rune für den Runentanz ermitteln, der dem entsprechenden Festtag zugeordnet ist.

ZUORDNUNG DER 24 RUNEN ZU DEN ZEITSPANNEN

(zweiwöchiger Zyklus)

Mitte Dezember – Ende Dezember:	(1)	ᛦ ODALA
Anfang Januar – Mitte Januar:	(2)	ᛞ DAGAZ
Mitte Januar – Ende Januar:	(3)	◇ INGWAZ
Anfang Februar – Mitte Februar:	(4)	ᚱ LAGUZ
Mitte Februar – Ende Februar:	(5)	ᛉ MANNAZ
Anfang März – Mitte März:	(6)	ᛗ EHWAZ
Mitte März – Ende März:	(7)	ᛒ BERKA
Anfang April – Mitte April:	(8)	↑ TIWAZ
Mitte April – Ende April:	(9)	ᛋ SOWILO / SOL
Anfang Mai – Mitte Mai:	(10)	ᛉ ALGIZ
Mitte Mai – Ende Mai:	(11)	ᛈ PERTHO
Anfang Juni – Mitte Juni:	(12)	ᛇ EIHWAZ
Mitte Juni – Ende Juni:	(13)	ᚼ JERAN
Anfang Juli – Mitte Juli:	(14)	ᛁ ISAZ
Mitte Juli – Ende Juli:	(15)	ᚾ NAUDIZ
Anfang August – Mitte August:	(16)	ᚺ HAGLAZ
Mitte August – Ende August:	(17)	ᚹ WUNJO
Anfang September – Mitte September:	(18)	ᚷ GEBO
Mitte September – Ende September:	(19)	ᚲ KENAZ
Anfang Oktober – Mitte Oktober:	(20)	ᚱ RAIDO
Mitte Oktober – Ende Oktober:	(21)	ᚨ ANSUZ
Anfang November – Mitte November:	(22)	ᚦ THURISAZ
Mitte November – Ende November:	(23)	ᚢ URUZ
Anfang Dezember – Mitte Dezember:	(24)	ᚠ FEHU

Die von mir entwickelten Runentänze zu den jeweiligen Sabbaten findest du auf Seite 52 ff.

Kreistänze

Der Kreis verbindet alle Teilnehmer, schweißt zusammen, und mit seiner Hilfe kann sich im gemeinschaftlichen Tanz ein starkes Energiefeld aufbauen.

Achtung: Wer magische Tänze ernsthaft lernen will, sollte einen erfahrenen Tanzleiter aufsuchen, der es versteht, die Tänze interessant rüberzubringen und mit den erweckten Energien behutsam umzugehen. (Infos dazu unter: www.magicyan.de)

FREUNDSCHAFTSREIGEN

(mindestens 4 TeilnehmerInnen, je kleiner der Kreis, desto kleiner müssen auch die Tanzschritte ausgeführt werden)

Aus dem BUCH DER MAGISCHEN RITUALE kennen manche von euch bereits das **ÄGYPTISCHE FREUNDSCHAFTSERHALTUNGSRITUAL:**

Zur Festigung eurer Freundschaft trinkst du zusammen mit deinem Partner den morgendlichen Tau mit Honig vermischt und ihr sprecht und schreibt das Mantra

Hine ma tow uma naim, schewet achim gam jachad

(Bitte auf die Betonung achten! Siehe S. 41)

Diese Verse stammen übrigens aus den **Psalmen** des Alten Testaments der Bibel. Manche dieser Texte wurden und werden auch in der Magie zu rituellen Zwecken eingesetzt. Man spricht von der so genannten **Psalmenmagie**. Die Psalmen sind eine Sammlung von religiösen Liedern in Gebetsform, die vom jüdischen Volk und auch in den christlichen Kirchen bei Gottesdiensten und Opferritualen verwendet werden. Das Alte Testament hat 150 Psalmen, von denen manche auch magische Formeln enthalten (z. B. Psalm 58, 59, 69, 91, 109, 141 u. a.).

Zum **Hine ma tow** gibt es ein zauberhaftes hebräisches Lied
und einen einfach zu erlernenden Reigentanz:

Hine ma tow

Music: from Israel
(arranged by Yan d'Albert)
Words: Psalm 133

Stellt euch in Kreisform auf, mit dem Gesicht zur Kreismitte. Fasst euch
an den Händen. Achtet unbedingt darauf, **wie** ihr euch die Hände reicht:
Die **rechte** Hand liegt immer oben, ist also die übergreifende Hand (mit
dem Handrücken nach oben). Die **linke** Hand liegt immer unten, ist also
die untergreifende Hand (mit dem Handrücken nach unten). Die Köpfe
sind leicht nach rechts gewandt. Ihr tanzt entgegen dem Uhrzeigersinn
(widdershins). Der rechte Fuß beginnt und macht den ersten Schritt
schräg nach vorne rechts, der linke Fuß setzt über. Dann folgt ein Wiegeschritt, das heißt: Ihr steht zunächst auf dem rechten Fuß und verla-
gert euer Gewicht dann auf den linken Fuß, dabei bleibt ihr aber stehen.
Dann wiederholt sich der Tanzschritt immer wieder, der rechte Fuß
macht wieder einen Schritt schräg nach vorne rechts, der linke setzt
über, Wiegeschritt usw. und zwar:

Hi-ne ma tow u-ma na – im,
R　　　　L　　　　　R　　　　L
(Wiegeschritt)

sche-wet a-chim gam ja-chad.
R　　　　L　　　　R　　　L
(Wiegeschritt)

Magisches Tanzen kann sehr belebend sein, wenn man einige Dinge be-achtet. Zur Wiederholung noch mal die wichtigsten Punkte:

- Magisches Tanzen ist niemals
  nur Tanzen aus Jux und Dollerei.

- Sei dir der tieferen Bedeutung des
  Tanzes bewusst. Welche Gottheiten
  willst du damit ehren?

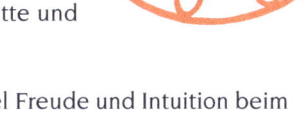

- Achte (vor allem bei heftigen Tänzen)
  darauf, dass du dich oder andere nicht
  in Gefahr bringst oder verletzt.

Gib nie Tänze an andere weiter, wenn du sie nicht
selbst völlig verinnerlicht hast und die Schritte und
Figuren beherrschst.

Ich wünsche dir und deinen Tanzpartnern viel Freude und Intuition beim
magischen Tanzen!

DIE 8 GROSSEN JAHRES-FESTE

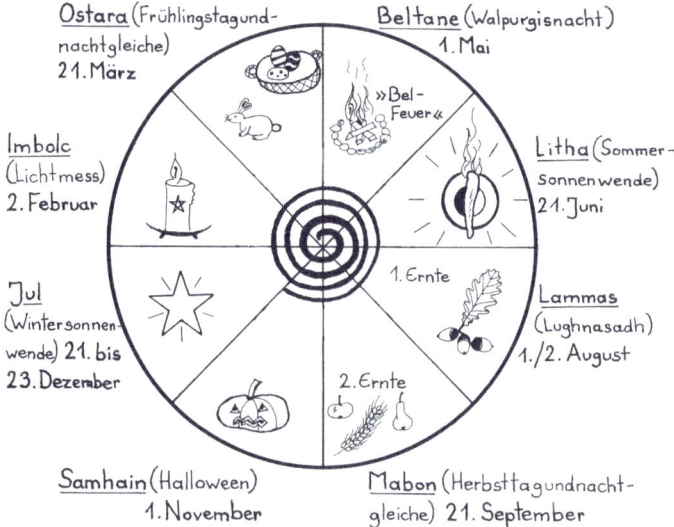

DAS HEXENJAHR

Ostara (Frühlingstagundnachtgleiche) 21. März

Beltane (Walpurgisnacht) 1. Mai

»Bel-Feuer«

Imbolc (Lichtmess) 2. Februar

Litha (Sommer-Sonnenwende) 21. Juni

Jul (Wintersonnenwende) 21. bis 23. Dezember

1. Ernte

Lammas (Lughnasadh) 1./2. August

2. Ernte

Samhain (Halloween) 1. November

Mabon (Herbsttagundnachtgleiche) 21. September

In meinem BUCH DER MAGISCHEN RITUALE habe ich das Thema der acht großen Jahresfeste bereits knapp behandelt. Im vorliegenden Buch nun gehe ich noch mehr in die Tiefe und bringe für euch zahlreiche praktische Tipps und Anwendungen.

Immer mehr Menschen entdecken die ursprünglichen, unserer Kultur nahe stehenden Feste wieder. Diese werden auch als heidnisch bezeichnet. Doch was bedeutet **heidnisch**? Einen Heiden nannte man einen Menschen, der keiner monotheistischen (= an **einen** Gott glaubenden) Religion angehörte. Das Wort kommt von „Heide-Bewohner", da diese damals im Gegensatz zu den „Stadt-Bewohnern" noch keine Staatsreligion angenommen hatten. Häufig werden mit diesem Ausdruck im christlichen Sprachgebrauch und in Martin Luthers (erster deutscher) Bibelübersetzung auch Nichtchristen und Nichtjuden bezeichnet.

EINE GROSSE LIEBESGESCHICHTE

Der Jahreslauf der Hexenfeste ist eine einzigartige Liebesgeschichte zwischen Gott und Göttin. Die Große Mutter gebiert zur Wintersonnenwende (Jul) das Kind der Sonne. Zum Frühlingszeitpunkt (Ostara) lernen sich der junge Gott und die junge Göttin kennen. Im Sommer, wenn die Sonne ihren höchsten Stand erreicht hat, feiern beide im wahrsten Sinne des Wortes ihre **Hoch-Zeit** (Litha). Dann nimmt das Licht wieder ab und somit auch die Kraft des Gottes, der sich im Herbst allmählich hingibt und schließlich ganz opfert.

Die acht Sabbate sind die Höhepunkte des Hexenkults.

Imbolc:	2. Februar (Mariä Lichtmess)
Ostara:	21. März (Frühlingstagundnachtgleiche)
Beltane:	I. Mai (Walpurgisnacht)
Litha:	21. Juni (Sommersonnenwende)
Lammas:	I. bzw. 2. August (Lughnasadh)
Mabon:	21. September (Herbsttagundnachtgleiche)
Samhain:	I. November (Halloween/Allerheiligen)
Jul:	zwischen 21. und 23. Dezember (Wintersonnenwende)

Die Hexenfeste werden aufgeteilt in die

VIER GROSSEN SABBATE (Mondfeste)

Imbolc, Beltane, Lammas und Samhain sind die Licht- und Feuerfeste, auch „alte magische Feste" genannt.

und in die

VIER KLEINEN SABBATE (Sonnenfeste)

Ostara, Litha, Mabon und Jul heißen Sonnenwendfeste oder auch Äquinoktien und können ein bis zwei Tage von den oben genannten Terminen abweichen.

Diese bedeutenden Jahreskreisfeste der Hexen und Magier erinnern uns an das Wesen der Natur und geben uns die Gelegenheit, uns mit ihnen zu verbinden.

ZEITPUNKTE DES FEIERNS ERSPÜREN

Wir Hexen und Magier sollten beim Feiern nicht nur nach einem festgelegten Datum vorgehen. Das bedeutet beispielsweise: Imbolc muss nicht immer genau am 2. Februar stattfinden. In euren Meditationen und Visionen, im Kontakt mit den Zyklen der Natur, könnt ihr ein Gespür dafür entwickeln, wann die geeigneten magischen Momente kommen.

FEIERN IM ZIRKEL/COVEN/ORDEN

Was sollte man dabei besonders beachten? Dass nicht jemand seine Extra-Wurst brutzelt oder sich als Ober-Guru aufspielt. Wichtig ist, dass ihr mit Teamgeist an die Feste rangeht. Dass ein Plan existiert. Ihr müsst euch ja nicht immer minutiös daran halten. Improvisation ist das Zauberwort. Wie gesagt: **Pflicht** und **Kür** im richtigen Maß gemixt, dann wird eure Feier zum vollen Erfolg.

Sprecht euch in Sachen Räucherungen, Musikauswahl usw. unbedingt ab. Offenheit ist angesagt. Lieber gleich alles ansprechen und aussprechen, bevor es hinterher Streit oder Tränen gibt.

MIT FREUND ODER FREUNDIN

So ein schnuckelig-mystisches Plätzchen, irgendwo in einer Höhle, auf einem coolen Berg, einer alten Burgruine. Wwwooowww ... und dann noch ein gemeinsames Ritual – das ist megageil. Aber passt auf, dass ihr die schönen Plätze nicht durch irgendwelche unbedachten Verhaltensweisen entweiht.

ALLEINE

Es kann total trist sein, Halloween alleine zu feiern. Schlimm ist es, wenn man sich in den dunklen Zeiten Depressionen einfängt. Aber wenn du meditieren oder trauern willst (z. B. an Samhain), musst du manchmal auch die Einsamkeit suchen.

HEXENFESTE

Feste feiern liegt seit Urzeiten in der Natur des Menschen und ist eine wichtige Sache. Früher wurde ganz automatisch gefeiert, weil Nahrungsbeschaffung und Feste-Kult noch viel enger miteinander verbunden waren als heute.
Die Jahresfeste geben dir Gelegenheit, dich wieder mit der Natur und ihren Kreisläufen zu beschäftigen, Altar und Werkzeuge mit neuer Energie aufzuladen, besondere Rituale zu begehen, dich mit Menschen zu versöhnen, Liebe und Freundschaft zu verstärken und die Orakel zu befragen.

Diejenigen, die das BUCH DER MAGISCHEN RITUALE durchstudiert haben, kennen sie schon, die ultimative Merkformel für die Hexenfeste, bestehend aus den Anfangssilben der Sabbat-Namen:

> IMBOLC,
> OSTARA,
> BELTANE,
> LITHA,
> LAMMAS,
> MABON,
> SAMHAIN und
> JUL =
> „IMOS BELILA MASAJU"

IMOS BELILA MASAJU:
Ehre sei den Hexenfesten!

„Die Ausfahrt zum Sabbat",
Ulrich Molitor(is), 1489
Lexikon der magischen Künste,
Hans Biedermann

HEXENSABBAT

Was hat der Sabbat mit den Hexen zu tun? Nun, eigentlich ist Sabbat ja ein hebräisches Wort und bezeichnet den Ruhetag der jüdischen Gläubigen. So ganz genau kann man nicht sagen, wie die Formulierung zustande kam. Vielleicht stammt sie auch aus dem maurischen Wort „zabat" (= Zeit der Kraft) oder von den griechischen „Sabazien", den Festen zu Ehren des Wein- und Fruchtbarkeitsgottes Dionysos.

BEKANNTE UND BELIEBTE KULT- UND FEIER-PLÄTZE

- Burg Satzvey in der Eifel (www.burgsatzvey.de)
- Externsteine
  (www.horn-badmeinberg.de/attraktionen/externsteine.html)
- Brocken im Harz (www.brocken-harz.de)
- Huiberg bei Halberstadt
- Hörselberg bei Eisenach (www.hoerselberggemeinde.de)
- PANsilvanien / Burg Penzlin in Pfarrkirchen
  (www.urlaub-im-rottal.de)

Wenn ihr weitere interessante Kult-Plätze ausfindig macht, schreibt oder mailt mir (magicyan@t-online.de).

Imbolc
2. Februar

Fest der 1000 Lichter ...
(Mondfest)

Du spürst jetzt schon ganz deutlich, wie das Licht zunimmt und die Natur zu neuem Leben erwacht. Der Fruchtbarkeits- und Sonnengott umwirbt Mutter Erde. In ihrem Schoß entwickelt sich die grüne Kraft. Schneeglöckchen und Krokusse schießen hier und da schon aus dem Boden.

Imbolc ist ein ideales Fest, um mit Freundinnen zu feiern. Viele tun dies an Neumond nach Jul oder wenn die erste schmale Mondsichel (hin zum zunehmenden Mond) am Himmel erscheint. Das keltische Volk der **Gälen** begeht jetzt das Fest der Reinigung und der Milch gebenden Schafe. Zur Vertreibung der Wintergeister werden heute noch, mit viel Lärm und Maskerade, Strohpuppen verbrannt. Von daher ist Imbolc dem Karneval sehr ähnlich und fällt manchmal auch in diese Zeit.

Um dieselbe Zeit, nämlich an **Mariä Lichtmess**, erinnern sich die Katholiken an den Besuch Marias mit dem Jesuskind im Tempel. Dieser kirchliche Feiertag wurde – wie so viele andere auch – sozusagen installiert, um den keltischen Feiertag Imbolc zu vereinnahmen bzw. auszulöschen. Ähnliches passierte auch mit der Göttin Brigid.

Brigid, Patronin und Nationalheilige Irlands.

Brigid (sprich „brigid"), die keltische Göttin des Feuers und Wassers, Göttin der Dicht-, Heil- und Schmiedekunst, begegnet uns in vielen Namen und Gestalten: als Brigit, Bride, Briga und später im Christentum als Heilige Brigitte.
Der Name Brigid stammt vermutlich von „**breo-saighit**" oder „**breo-agit**" und bedeutet so viel wie leuchtender oder brennender Pfeil. Auch vom englischen „**bright**" (= strahlend, hell) lässt er sich ableiten. An Gedenkstätten und (Heil-)quellen überall in England, Irland und Schottland stoßen wir auf ihren Namen. Viele ähnlich klingende Städte und Orte erinnern noch heute an sie, wie etwa Bregenz, Burgund oder Birgitzköpfl. Brigids Symbole sind das Feuer und der Zauberkessel.

FESTTAGE

Oimelc, Lady Day, Mariä Lichtmess, Hornung, Lupercalia, Fest der Brigid bzw. Birgit, Kerzenfest, Panfest, Karneval.

GOTTHEITEN

B*rigid* bzw. *Birgit*, Brautgöttinnen und alle Gottheiten der Liebe und Fruchtbarkeit wie A*engus Og*, A*phrodite*, A*radia* (Tochter der D*iana*), A*thene*, D*emeter*, E*ros*, F*ebrua*, F*reya*, G*aia*, M*inerva*, P*an*, V*enus*.

ASSOZIATIONEN

Liebe, Licht, Erneuerung, Reinigung, Wachstum, Weisheit der Frauen, Macht des Mondes, Fruchtbarkeit, Altes, Neues, Hexendreiheit: Jungfrau – Mutter – Greisin (entsprechend den Eigenschaften Schönheit – Reife – Weisheit), Vereinigung von Gott und Göttin.

DEKO FÜR ALTAR UND TEMPEL

Kerzen: Weiß, rot, rosa und hellgrün (evtl. 13 Stück).

Pflanzen: Ein Keim, ein Trieb, die ersten Blumen des Jahres, ein Zweig Immergrün, Schneeglöckchen und andere weiße Blumen, Flachs, Eberesche.

Sonstiges: Jungfräuliche Göttinnen-Figuren, Hexenbesen.

KOSTÜMIERUNG

Göttin (siehe Gottheiten), Schaf, Strohpuppe.

BRÄUCHE UND RITUALE

Nütze den Imbolc-Tag für Wahrsagerituale wie Karten legen, Handlesen oder Orakel deuten. Kehre das Alte und Vergangene sowohl geistig als auch körperlich (mit einem Besen) hinaus. Mache auf alle Fälle heute eine Kerzenmeditation, alleine oder mit Gleichgesinnten. Gerade an Imbolc pflegen Hexen auch ihre magischen Werkzeuge zu weihen und Kerzen zu segnen. Vielerorts finden Einweihungen statt und Junghexen werden in den Konvent aufgenommen. Imbolc eignet sich gleichfalls als Vorbereitungsfest für Initiationsrituale an Ostara.

Schreibe eine Liste mit Dingen auf einen Zettel, die dich belasten. Dann verbrenne sie in einem Feuer-Ritual.

In Irland ist es heute noch Brauch, Brigidskreuze oder Puppen aus Stroh, die so genannten **„Brideo'gas"** anzufertigen. Auch die Herstellung von Masken ist sehr beliebt und verbreitet. Nachfolgend erhältst du nützliche Tipps dazu.

HERSTELLUNG VON MASKEN

Du benötigst:

Jede Menge Gipsbinden
Öl oder Creme
Pinsel
Wasserfeste, naturidentische Farben

Besorge dir Gipsbinden aus dem Drogeriemarkt, Supermarkt oder der Apotheke. Reibe dein Gesicht mit Öl oder Fett-Creme ein. Decke vorher Augenbrauen und Haaransatz mit Watte ab. Auch deine Augen, Nasenlöcher und dein Mund müssen frei bleiben. Lege nun die Gipsbinden auf. Sobald sie hart geworden sind, löse sie vorsichtig und langsam von deinem Gesicht ab. Solange die Maske feucht ist, ist sie noch formbar. Wenn sie trocken ist, kannst du sie anmalen, möglichst mit wasserfesten, natürlichen Farben.

AUSTREIBEN DER WINTERGEISTER

Wähle zum Verkleiden ganz bunte, originelle, ruhig auch schrille Klamotten. Du kannst Glöckchen an den Kleidern befestigen oder einnähen. Dann kann's losgehen: Mit Trommeln, Topfdeckeln, Rasseln, Glocken, Becken und allerlei anderem Zeug zum Lärm machen bewaffnet, ist euch der Sieg über die Geister der Dunkelheit sicher. Und der Frühling wird aufwachen und aus seinem Versteck kriechen.

„He, he, Winter, he!
Geh, geh, Winter, geh!
Weiß ist out,
Grün ist in,
und wir rufen laut:
He, he, Winter, he!
Geh, geh, Winter, geh!"

VERGEBUNGSRITUAL

Findest du im BUCH DER MAGISCHEN RITUALE, S. 101. Hier das entsprechende Lied dazu:

Astarchfirullah

Music & words: Yan d'Albert

1. Ich ver - ge - be mir in Gott, der Lie - be

ist, der Lie - be ist. ist.

A - starch - fir - ul - lah, _____ a - starch - fir - ul - lah, _____

a - starch - fir - ul - lah, _____ a - starch - fir - ul - lah. _____

2. Ich vergebe dir in Gott,
Der Liebe ist, der Liebe ist.
Astarchfirullah ...

3. Wir vergeben uns in Gott,
Der Liebe ist, der Liebe ist.
Astarchfirullah ...

KERZENRITUAL

Imbolc ist ein Fest der Kerzen. Hier ist ein kurzes, ganz persönliches Ritual für dich zur Erfüllung deiner Wünsche:

Du kannst deinen Namen, deinen spirituellen Namen oder deine persönlichen Zeichen und Symbole auf die Kerze ritzen. Segne bzw. weihe die Kerzen vor dem Ritual. Reibe sie mit Einweihungsöl oder deinem persönlichen Öl ein, und zwar von der Mitte nach unten, dann von der Mitte nach oben. Beim Anbrennen des Dochts sprich:

Im Namen .... (Gottes und/oder der Göttin etc.), Dir entgegen.

Atme den ERDE-Atem (Atemtechnik: Nase ein, Nase aus). Nimm beim **Einatmen** die Kraft der Erde in dich auf. Beim kurzen **Anhalten des Atems** formuliere deinen Wunsch. Beim **Ausatmen** stelle dir vor, wie dein Wunsch sich verwirklicht.
Dann sprich:

Flamme der Kerze, zeig mir das Wahre,
bringe Licht, wo Dunkelheit,
das in meinem Herzen ich bewahre,
Friede wirkend alle Zeit!
So sei es! Yan d'Albert

RÄUCHERWERK

Myrrhe, Basilikum, Benzoe, Angelika, Lorbeer, Schöllkraut, Glyzinie.

KRÄUTER

Angelika, Basilikum, Myrre, Glyzinie, Wacholder, Lavendel, Veilchen.

SPEISEN

Samen, Sesam- und Sonnenblumenkerne, Frühjahrssalat, Mohnsamengebäck, Milchprodukte wie Joghurt, Quark, Käse etc.

GETRÄNKE

Milch, Milchmixgetränke, Kräutertees.

HEISSE IMBOLC-MILCH MIT VANILLE

Zum Fest der 1000 Lichter solltest du dir wirklich einmal echte Vanille leisten. Geschmack und Wirkung echter Vanille sind nicht mit dem künstlichen Ersatzstoff vergleichbar, der so oft in allen möglichen Speisen und Süßigkeiten zu finden ist.

Du benötigst:

1 Schote echte Vanille
1 Prise Safran (gibt dem Trunk eine feine gelbe Farbe)
1,5 Liter Milch (Frischmilch schmeckt natürlich am besten)
Honig je nach Geschmack

Die Vanilleschote aufschlitzen und über Nacht in einer Tasse Milch einweichen. Die Vanilleschote herausnehmen und die Milch mit dem Safran langsam erhitzen. Die Vanillekrümelchen zum Schluss aus der Schote in die Milch kratzen. Die ausgekochte Schote kann, zusammen mit Zucker getrocknet, in einem kleinen Schraubglas aufbewahrt werden.

(aus der „Magischen Rezeptesammlung" von Gabriela d'Albert)

Frühjahrs-Fitness-Salat

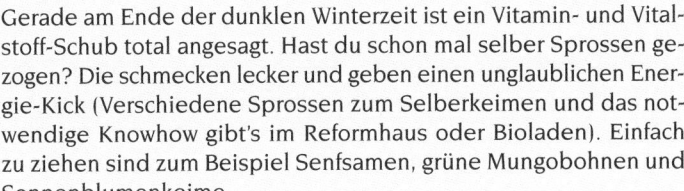

Gerade am Ende der dunklen Winterzeit ist ein Vitamin- und Vital-stoff-Schub total angesagt. Hast du schon mal selber Sprossen gezogen? Die schmecken lecker und geben einen unglaublichen Energie-Kick (Verschiedene Sprossen zum Selberkeimen und das notwendige Knowhow gibt's im Reformhaus oder Bioladen). Einfach zu ziehen sind zum Beispiel Senfsamen, grüne Mungobohnen und Sonnenblumenkeime.

Du benötigst:

2 Pastinaken (Wurzel- und Knollengemüse, dazu gehören z. B. auch Kartoffeln)
200 g Sellerie
3 Möhren
Feldsalat
2 Tassen Sprossen

Die Pastinaken, den Sellerie und die Möhren waschen, schälen und klein raspeln. Den Feldsalat waschen und von den Würzelchen befreien. Die Sprossen dazugeben.

Das Dressing:

1 kl. Becher Joghurt, 1 kl. Becher saure Sahne, Saft einer Zitrone, Salz, Pfeffer, Sojasauce, wer mag, etwas geriebenen Knoblauch (evtl. noch etwas Wasser zum Verdünnen), Sonnenblumenöl. Alles zu einem Dressing verrühren und zu dem Salat geben.

(aus der „Magischen Rezeptesammlung" von Gabriela d'Albert)

EDELSTEINE

Mondstein, Türkis, Rubin, Amethyst, Granat, Onyx.

MUSIK

„**Magic Love**" von T*hea*, „**Flying Heart**" von Y*an* d'A*lbert*, „**Lyrische Stücke**" von E*dvard Grieg*, „**Nach grüner Farb mein Herz verlangt**" von M*ichael Praetorius*, „**Winter, ade**" (Volkslied), „**He, he, Winter, he!**", von Y*an* d'A*lbert*

RUNE: Laguz

Laguz (sprich: „Laguss") ist die Rune des Lebens, alles Fließenden, besonders des Wassers. Mit Laguz schaffst du es, deine Kreativität zum Vorschein zu bringen.

Laguz-Runentanz (deosil)

Schließe die Augen und bilde die Form der Laguz-Rune nach. Das heißt: Dein Körper steht gerade, die Beine sind leicht geöffnet, die Arme schräg nach vorne abgewinkelt; wie eine Rinne, in der das Wasser nach unten fließt. Und dies ist auch die Gedankenverbindung: ein stetes Fließen. Bewege deine Arme leicht wellenförmig.

LAGUZ

MEDITATIONEN

DAS ZUNEHMENDE LICHT

Meditiere über das zunehmende Licht und das erwachende Leben. Stelle dir vor, wie sich die grüne Kraft im Schoß der Mutter Erde entwickelt und sich allmählich ihren Weg ans Licht bahnt.

SAAT DER GEDANKEN

Visualisiere deine Ideen und Pläne für dieses Jahr. Wo kannst du Saat setzen? Wo könnte etwas keimen und Frucht bringen?

Ostara
21. März

... der Frühling kehrt wieder!
(Sonnenfest)

Jetzt heißt es: Winter ade! Und das hoffentlich endgültig! Begrüße den Frühling mit seiner ganzen Pracht und Fülle. An diesem Fest ist die Frühlingstagundnachtgleiche, also Tag und Nacht sind nun etwa gleich lang. An Ostara feiern wir ein bedeutendes Fruchtbarkeitsfest. Frühlingsgefühle werden wach. Zeit zum Verlieben ...

Unser heutiges christliches Ostern hatte sich ca. ab dem 6. Jahrhundert aus dem Ostara-Kult entwickelt. In früheren Zeiten wurden in der Nähe von Feldern Ostara-Feuer entzündet. Man glaubte, dass sich dadurch die Kraft und der Segen der Sonne und der Götter übertragen würden. Menschen sprangen durch die Feuer, Tierherden wurden hindurchgetrieben (auf keinen Fall zur Nachahmung empfohlen). Dies sollte vor bösen, Unheil und Unfruchtbarkeit bringenden Mächten schützen. Die Holzkohle-Reste nahmen die Menschen mit nach Hause und legten sie als Abwehrmittel gegen Blitzschläge an die Fenster oder ums Haus.

Ostara, Göttin des aufsteigenden, strahlenden Lichts.

Sie ist die germanische Göttin des Frühlings und der Fruchtbarkeit, der Erneuerung und des Neubeginns. Sie begegnet uns auch als Eos (griechisch), Aurora (römisch) und Eostre (angelsächsisch). Ostara liebt Kinder und lässt sie von einem Hasen beschenken, der ihnen bunt gefärbte Eier und andere Oster-Überraschungen bringt.

FESTTAGE

Ostern, Frühjahrsäquinoktium, Alban Eilir, Eostres Tag.

GOTTHEITEN

Ostara, Eostre, Venus, Aphrodite, Thor.

ASSOZIATIONEN

Erde, Frühlingsanfang, Fruchtbarkeit, Gleichgewicht.

DEKO FÜR ALTAR UND TEMPEL

Kerzen: Hell- und grasgrün, gelb und goldfarben.
Pflanzen: Frühlingsblumen, Osterglocken, Lilien.

Sonstiges: Mit magischen Zeichen bemalte Eier, Hasen als Figuren aus Kuchen oder ähnlichem; geflochtene Kränze, Brideo'gas (Getreidestrohpuppen), Zauberstäbe mit Eichenspitze, ein Pflug (als kleiner Gegenstand oder Foto), frische Erde, Symbole der Liebe.

KOSTÜMIERUNG

Osterhase, Ei, Frühlingsblume.

BRÄUCHE, RITUALE UND MAGISCHE SPIELE

Nun ist die richtige Zeit, um Samen auszusäen und/oder einen magischen Kräutergarten anzulegen. Vielerorts werden alte Strohpuppen verbrannt. Dies sind Symbole des „alten Herrn Winter". Ihr könnt nun einen maskierten Umzug organisieren, um den Winter mit all seinen Geistern zu vertreiben. Auch das Bemalen von Eiern und Anfertigen einer mit bunten Bändern geschmückten Osterrute (z. B. von der Weide) gehört zu den lange Zeit gepflegten Bräuchen. Alle Hexensabbate sind ja Feuerfeste, und so werden auch in dieser Zeit die Ostara-Feuer entzündet.

EIER-BOCCIA

Für dieses Spiel braucht ihr Platz, möglichst einen langen Flur oder ein großes Zimmer mit glattem Boden, auf dem die Eier gut rollen. Jeder bringt die selbe Anzahl von hart gekochten Eiern mit. Nun setzt ihr einige Meter weiter einen Markierungspunkt fest (Statue, Flasche, Osterhase etc.). Die Teilnehmer sollen nun mit ihren Eiern möglichst nah an diesen Punkt herankommen. Man darf auch die Eier der anderen wegkicken. Der, dessen Ei dem Markierungspunkt am nächsten gekommen ist, hat gewonnen. Als Gewinne könnt ihr die Eier der Verlierer festlegen oder euch etwas anderes einfallen lassen.

Variante: Das Ganze kann auch mit rohen Eiern durchgeführt werden. Dann solltet ihr allerdings vorher die Frage klären, wer die Schweinerei wegmacht. Am besten der Verlierer ...

SPEISEN

Erste Früchte der Jahreszeiten, mit Symbolen verzierte Brote, (Honig-)Kuchen, Waffeln, Osterlämmer, (hart gekochte) Eier, Eierspeisen, Erdbeeren.

DRACHEN-EIER

Rezept für 4 Personen

Du benötigst:

8 hart gekochte Eier
Olivenöl (zum Anbraten)
4 verschieden farbige Paprika
2 Zwiebeln
2 Dosen Tomaten (Stücke)
1/4 l Brühe (Brühwürfel in Wasser aufgelöst)
2 Teelöffel Paprikapulver
Pfeffer und Chili (je nach Geschmack)
Kräuter, klein gehackt
Petersilie, Schnittlauch, Kräuter der Saison

Die Paprika in dünne Streifen und die Zwiebeln in Ringe schneiden. Olivenöl erhitzen und Zwiebeln andünsten. Nach ein paar Minuten Paprika zugeben und kurz mitdünsten. Mit Tomaten und Brühe auffüllen und Deckel drauf. Gewürze hinzugeben. Ein paar Minuten köcheln lassen. Kochplatte ausschalten. Die Eier halbieren und in die Soße legen. Etwas ziehen lassen. Vor dem Servieren mit den Kräutern bestreuen. Dazu passt auch gekochter Reis sehr gut.

(aus der „Magischen Rezeptesammlung" von Gabriela d'Albert)

GETRÄNKE

Erdbeer- oder Waldmeister-Bowle (siehe auch Rezept S. 61), Quellwasser (wenn möglich aus einer echten, reinen Quelle!).

RÄUCHERWERK

Jasmin, Salbei, Birke, Veilchen, Rose, Krokus, Osterglocke.

EDELSTEINE

Jaspis, Aquamarin, Rosenquarz, Mondstein, Amethyst, Hämatit.

MUSIK

„Immer wieder kommt ein neuer Frühling" von *Rolf Zuckowski*, Volkslieder wie **„Es tönen die Lieder"**, **„Kuckuck"**, **„Nun lässt der Lenz uns grüßen"**.

RUNE: Berka

Berka ist – wie das altgermanische Wort schon erahnen lässt – die Rune der Birke, der Weiblichkeit und der Frauen. Sie ist eine so genannte „Gebär-Rune", denn das Symbol der Berka-Rune und sein Odala (= Runenmantra) **ba, bar** oder **berka** wird zur Hilfe bei Geburten eingesetzt. Des Weiteren hilft sie zur Entdeckung der Weiblichkeit, zur Stärkung von Knochen und Muskeln und schützt Haus und Heim.

TÄNZE

Berka-Runentanz

Zähle vier Schläge voraus: 1 – 2 – 3 – 4. Im Takt der Trommel oder Musik winkelst du erst deinen rechten Arm ab, stützt die Hände in die Hüfte und formst somit die obere Hälfte der Berka-Rune. Auf den nächsten Schlag formt dein rechtes Bein den unteren Teil von Berka, wobei du deine Fußsohle an den Knöchel des linken Beines anlegst. Auf den folgenden Schlag geht dein rechtes Bein wieder zurück. Auf den vierten Schlag legst du auch deinen Arm an. Wiederhole das Ganze. Dann folgt eine ganze Drehung nach **rechts** und zwar für die Dauer eines Taktes, also: 1 – 2 – 3 – 4. Die selben Figuren werden dann mit dem linken Arm und dem linken Bein gebildet, danach folgt eine Drehung nach **links**, ebenfalls vier Taktschläge lang.

„**Schaddai**" (Mutter- u. Frauentanz), von Saadi Neil Douglas-Klotz, „**Om, Mata, om**" (Mutter- und Göttinnentanz), von Yan d'Albert (siehe ESBATE, S. 101).

BERKA

GÖTTINNEN-MEDITATION

Wer einen Bezug zu ihr hat, meditiere über die **Göttin** (Ostara, Gaia oder andere).

DIE MAGIE DES FRÜHLINGS

Meditiere über die Magie des Frühlings. Begib dich in die freie Natur, an einen ruhigen Ort. Schließe die Augen und atme tief, ruhig und gleichmäßig. Stelle dir nun den Prozess des Keimens und Wachsens eines Samens, das Schießen der Knospen an einer Pflanze vor.

Osterspaziergang

Vom Eise befreit sind Strom und Bäche.
Durch des Frühlings holden, belebenden Blick,
Im Tale grünet Hoffnungsglück;
Der alte Winter, in seiner Schwäche,
Zog sich in raue Berge zurück.
Von dort her sendet er, fliehend, nur
Ohnmächtige Schauer körnigen Eises
In Streifen über die grünende Flur.
Aber die Sonne duldet kein Weißes,
Überall regt sich Bildung und Streben,
Alles will sie mit Farben beleben;
Doch an Blumen fehlt es im Revier,
Sie nimmt geputzte Menschen dafür.
Kehre dich um, von diesen Höhen
Nach der Stadt zurück zu sehen!
Aus dem hohlen finstern Tor
Dringt ein buntes Gewimmel hervor.
Jeder sonnt sich heute so gern.
Sie feiern die Auferstehung des Herrn,
Denn sie sind selber auferstanden:
Aus niedriger Häuser dumpfen Gemächern,
Aus Handwerks- und Gewerbesbanden,
Aus dem Druck von Giebeln und Dächern,
Aus der Strassen quetschender Enge,
Aus der Kirchen ehrwürdiger Nacht
Sind sie alle ans Licht gebracht.
Sieh nur, sieh! Wie behend sich die Menge
Durch die Gärten und Felder zerschlägt,
Wie der Fluss in Breit und Länge
So manchen lustigen Nachen bewegt,
Und, bis zum Sinken überladen,
Entfernt sich dieser letzte Kahn.
Selbst von des Berges fernen Pfaden
Blinken uns farbige Kleider an.
Ich höre schon des Dorfs Getümmel,
Hier ist des Volkes wahrer Himmel,
Zufrieden jauchzet groß und klein:
Hier bin ich Mensch, hier darf ich's sein!

(aus „Faust I" von Johann Wolfgang von Goethe)

Beltane/Walpurgis
1. Mai

Der Hexensommer beginnt!
(Mondfest)

Der Wonnemonat Mai versprüht seinen (Liebes-)Zauber. Gott und Göttin, Freya und Wotan, Maienkönig und Maienkönigin bereiten sich auf die **Heilige Hochzeit** vor. Für viele ist Beltane (= die Bel-Feuer) bzw. Walpurgis das **wichtigste Hexenfest** überhaupt. Manche feiern es in der Nacht vom 30. April auf den 1. Mai, andere auch an Vollmond nach Ostara. Es geht auf ein altes druidisches Feuerfest mit Fruchtbarkeitsritualen zurück. Als eine Art Reinigungszauber wurde das Vieh der Bauern durchs Feuer getrieben. In der Walpurgisnacht läuteten überall die Kirchenglocken. Und die Männer zogen mit knallenden Peitschen durch die Straßen, um ungute Geister zu vertreiben. Obwohl die Kirche immer wieder versuchte, gegen dieses Fest anzugehen, hat es sich bis heute erhalten und erfreut sich immer größerer Beliebtheit.

Auf, auf, Ihr Hexen und Hexenmeister, lasst uns auf unseren Besen zum Brocken reiten! Also dann, wir sehen uns auf dem **Blocksberg**! In *Goethe's* Faust findet sich eine amüsante lyrische Beschreibung darüber:

„Die Hexen zu dem Brocken ziehn,
die Stoppel ist gelb, die Saat ist grün.
Dort sammelt sich der große Hauf,
Herr Urian sitzt oben auf.
So geht es über Stein und Stock,
es farzt die Hex', es stinkt der Bock."

Auch hier hat sich wiederum eine germanische Göttin, **Walpurg** mit Namen, in eine Heilige, nämlich **Walpurga**, verwandelt. Walpurga hat tatsächlich um 710 bis 779 als Äbtissin in England gelebt. Sie wurde auch prompt zur Schutzheiligen gegen Hexen und Dämonen ernannt.

FESTTAGE

Maifeiertag, Walpurgisnacht, Wonnemond, Balderfest, Roodmas.

GOTTHEITEN

Walpurg, Freyr, Freya, Wotan, Diana, Artemis, Belinos, Beal, Hochzeit von Aradia und Karnaina, Flora, Cordea (Maida).

ASSOZIATION

Fruchtbarkeit, Leben, Begegnung, Gemeinschaft, Liebe, Leidenschaft, Feuer, Hochzeit.

DEKO FÜR ALTAR UND TEMPEL

Kerzen: Mittelgrün bis dunkelgrün.

Pflanzen: Ein kleiner Maibaum, Weidenzweige, -stöcke, Efeu, Rotdorn, Baldrian, ein aus Gänseblümchen geflochtener Kranz, ein Strauß mit wilden Frühlingsblumen.

Sonstiges: Amulette der Freundschaft und Liebe, jede Menge bunte Bänder.

KOSTÜMIERUNG

Hexe, Blume, Brautpaar (*Aradia und Karnaina*), Tänzerin, Tänzer.

BRÄUCHE UND RITUALE

Auch bei diesem Fest spielt das Feuer eine bedeutende Rolle. Bedenke jedoch bei allen Feuer-Ritualen, dass du es hier mit einem gewaltigen Element zu tun hast (Vorsicht beim Anzünden und Löschen, Tanzen und Springen!). Segne heute alles, was Fruchtbarkeit bringen kann (z. B. Gärten und Felder). Walpurgis ist ein idealer Orakeltag, und die besten Stellen für Orakel sind Wegkreuzungen. Von alters her gehören die Verehrung und das Umtanzen des Maibaums in unseren Breiten zur Tradition (siehe Bänder-Baum-Tanz S. 37).

DER MAIBAUM-BRAUCH

Auch wenn es manche Vertreterinnen des weiblichen Geschlechts nicht so gerne hören: Der Maibaum ist ganz klar ein phallisches Symbol (lat. phallus = männliches Glied). Der Kranz verkörpert die vulva (lat. vulva = weibliches Geschlechtsorgan). Baum und Kranz stellen also den Sexualakt zwischen Mann und Frau dar. Möglicherweise hat der Maibaum seinen Ursprung in einem Fruchtbarkeitsfetisch (Fetisch = ein Gegenstand, der religiös bzw. magisch verehrt und für Hilfs- und Schutzzauber eingesetzt wird).

ORAKELTAG

Trefft euch nach alter Tradition an einer ruhigen Wegkreuzung und haltet dort eure Orakel ab, z. B. Aschen-, Baum-, Becher-, Buch-, Erde-, Feuer-, I-Ging-, Kaffeesatz-, Teeblätter-, Teig-, Tintenklecks- und andere Orakel (über eben genannte kannst du in meinem BUCH DER MAGISCHEN RITUALE lesen). Daneben gibt es noch eine Reihe weiterer Orakel, die du in anderen Magie- und Hexen- büchern findest.

SPEISEN

Brot, Getreideprodukte, „Beltane"-Kuchen aus Hafer und Gerste, Milch- produkte, rote Früchte (Kirschen, Erdbeeren, rote Johannisbeeren).

POWER-KRÄUTERSALAT

April und Mai sind die optimalen Monate, um sich mal selbst auf den Weg zu machen und Löwenzahn zu sammeln. Die Kraft der selbst gesammelten Kräuter ist natürlich etwas Besonderes. Für Löwenzahnsalat nimmt man nur die tief in der Erde liegenden, hellen bzw. gelblichen Löwenzahn-Anteile, die nah an der Wurzel sitzen, und die feinen grünen Blättchen. Um diese zu erreichen, muss man etwas graben. Am besten geht das, wenn der Löwen- zahn auf Maulwurfhügeln wächst.

Du benötigst:

Saft einer Zitrone
Etwas Wasser zum Verdünnen
4 Möhren, gerieben
2 Bund frischen Bärlauch (gibt's auf dem Wochenmarkt)
Löwenzahn nach Belieben
I Bund Petersilie
6 Tomaten
I Zwiebel
Sonnenblumenöl
Pfeffer, Salz, Soja-Sauce

Die Tomaten und die Zwiebeln (fein) in Würfel schneiden. Alle an- deren Zutaten relativ klein schneiden und mit Zitronensaft beträu- feln. Würzen und zum Schluss Sonnenblumenöl zugeben. Etwas ziehen lassen. Schmeckt auch prima zu Butterreis oder Hirse!

(aus der „Magischen Rezeptesammlung" von Gabriela d'Albert)

Mai- bzw. Hexenbowle, Milchprodukte, Waldmeisterpunsch, Fruchtsäfte, Weidenrindentee.

BELTANE-HEXENBOWLE

Du benötigst:

1 große Glas- oder Keramikschüssel (5–6 l Fassungsvermögen. Bitte nimm möglichst kein Metallgefäß. Die Fruchtsäuren lösen sonst chemische Prozesse aus, die wir in der Bowle nicht gebrauchen können. Auch ein Plastikbehälter ist nicht ideal, weil von einem solchen Gefäß keine Energie ausgeht).

1 Bund frischen Waldmeister (Der Waldmeister, lat. „herba matrisylvae", wurde früher von heilkundigen Frauen und im Volksmund auch Waldkönigin oder Waldmutterkraut genannt. Diese Bezeichnungen machen deutlich, welch geachtete Stellung dieses Kraut hatte).

Kurz bevor der Waldmeister in die Bowle kommt, kannst du ihn noch sanft zwischen den Händen reiben und dabei einen Segensspruch sprechen. Das ist dann nicht nur ein Dank an die Liebeskräfte der Natur, auch das Aroma des Kräutleins kann sich so besser entfalten. Nimm dir etwas Zeit, um dich mit der Kraft des Waldmeisters zu verbinden. Sauge den Duft ganz bewusst auf, und fühle einfach nur die elementare Kraft. Das wird dir gut tun!

2 – 3 Flaschen Traubensaft (für Erwachsene eventuell Wein, muss aber nicht sein).
1 Zitrone
2 Flaschen Mineralwasser (Erwachsene nehmen meist Sekt. Ist aber auch nicht unbedingt erforderlich).
150 g Zucker (Ich empfehle braunen Zucker. Der hat einfach mehr Power und schmeckt aromatischer. Guter brauner Zucker enthält noch einen gewissen Melasseanteil und ist nicht so rieselfähig.)
Eingemachte Früchte wie Pfirsiche, Birnen, Kirschen (je nach Geschmack).

Zubereitung:

1 Flasche Traubensaft (alternativ 1 Flasche Wein), Saft der Zitrone, Waldmeister, Zucker mit 1 Flasche Mineralwasser (oder 1 Flasche Sekt) über Nacht in der Glasschüssel zugedeckt ansetzen. Das Abdecken des Gefäßes ist wegen des Aromas wichtig! Am nächsten Tag den Waldmeister entfernen und vor dem Austeilen den restlichen Saft (Wein) und das Mineralwasser (den Sekt) hinzugeben. ➤

RÄUCHERWERK

Rose, Weihrauch, Flieder, Efeu, Esche, Waldmeister, Gänseblümchen.

EDELSTEINE

Chrysokoll, Aventurin, Malachit, Moosachat, Smaragd, orangefarbener Karneol, Rosenquarz.

MUSIK

Traditionelle Mailieder: **„Der Mai ist gekommen"**, **„Bahar amad"**, persisches Frühlingslied von Yan d'Albert nach einem Text des Sufi-Meisters Rumi, Gründer des Ordens der Drehenden Derwische (Mevlevi-Orden). **„Persian Spring Song"** ist ein beschwingtes persisches Frühlingslied von Erzscheich Pyaromir Maheboob Khan. Hier ein Auszug aus dem Text:

Mutarb ba khosch nawa bego
tase ba tase nau ba nau ahé
Badeh ye dil guscha betscho
tase ba tase nau ba nau.

Sänger, sing bitte in freudigem Ton,
immerzu frisch und immer aufs Neu.
Suche den Wein, der öffnet das Herz,
*immerzu frisch und immer aufs Neu.**

Algiz, das dreisprossige Zeichen, ist die Rune des Elches (germ. = gött-
licher Edelhirsch). Sie besitzt die Kraft, das Immunsystem und den
Lebenswillen zu stärken und Kontakte mit anderen Welten zu schaffen.

TÄNZE

Algiz-Runentanz

Wenn du deine Arme empfangend gen Himmel streckst (die Handinnenflächen zeigen nach oben) und deine Beine geschlossen beieinander stehen, bildest du die Rune Algiz. Erbitte göttliche Kraft von oben.
Dreh dich sanft im Takt der Trommel oder der Musik, und zwar **deosil.**

Fruchtbarkeitstänze, Bänder-Tanz und Bänder-Baum-Tanz
(siehe MAGISCHE TÄNZE, S. 36/37).

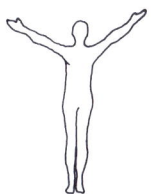

ALGIZ

Litha
21. Juni

Der längste Hexentag im Jahr
(Sonnenfest)

An Litha, der Sommersonnenwende erlebst du den längsten Tag im Jahr. Die Sonne erreicht jetzt ihre größte Kraft, ihren höchsten Stand. Von nun an werden die Tage wieder kürzer. Es heißt, dass Baldur, der Sonnengott, nun stirbt und erst zur Wintersonnenwende am Julfest (21. Dezember) wieder geboren wird. Wir erleben in der Zeit um die Sommersonnenwende eine Phase des Wachstums und der Reife.

Litha ist auch der Name der keltischen Mondgöttin, und sie steht für Fruchtbarkeit und Ordnung. Die Feiern fanden häufig an Eichen und Quellen statt, den „Toren zur Anderswelt". Zu den Bräuchen gehörte es, mit Stroh umwickelte Räder ins Tal zu rollen. Dies sollte zum Ausdruck bringen, dass die Kraft der Sonne nun mehr und mehr nachlässt.

FESTTAGE

Johannistag (24. Juni), Sommersonnenwende, Weißer Sonntag, Pfingsten, Vestalia.

GOTTHEITEN

Aphrodite, Astarte, Sunna, Litha, Venus, Baldur (Balder), Frigg (germ. Muttergöttin), *Bile* (Urahn der Kelten), *Danu* (kelt. Urmutter), *Beiwe* (skand. Muttergöttin).

ASSOZIATION

Feuer, Höhepunkt, Licht und Schatten, Sieg des Lichts über die Dunkelheit.

DEKO FÜR ALTAR UND TEMPEL

Kerzen: Grün, gelb und blau.

Pflanzen: Bunte Blumen, Rosen, Holunder, Johanniskraut, Farn, Eicheln, Eichenblätter, Früchte.

Sonstiges: Lampions, Liebesamulette, Muscheln, Sonnensymbole.

KOSTÜMIERUNG

Sonne, Sonnengott, *Johannes der Täufer.*

SONNENSYMBOLE

Besorge dir gelbes und goldenes Papier, am besten geeignet ist Bastelkarton. Zeichne verschiedene Sonnen auf und schneide sie aus. Die Kunstwerke kannst du dann auf der Festtischdecke befestigen (Papiertischdecken sind dafür gut geeignet, denn man kann sie dann draufkleben). Oder verwende sie als Untersetzer, mache einen Serviettenhalter draus oder hänge die Sonnen ins Fenster.

SPEISEN

Holunder-Küchle, Honigkuchen, Kirschen.

HOLUNDER-KÜCHLE

Litha ist „Holder"-Zeit. Und wer schon dabei ist, die Holunderblüten für die Holder-Küchlein zu sammeln, sollte gleich etwas mehr abpflücken: zum Trocknen. Holundertee ist ein bewährter Wintertee, hilft bei Erkältungen (Schwitztee), Fieber und Husten und ist zur allgemeinen Stärkung magischer Fähigkeiten zu empfehlen. Die Holunderblüten werden zum Ausbacken als ganze Dolden gepflückt (also mit Stängel).

Bereite einen nicht allzu flüssigen Pfannkuchenteig zu:

250 g Mehl
3 Tccl. Backpulver
20 g Zucker
1 Ei
etwa 1/4 l Milch (Mineralwasser eignet sich auch)

Olivenöl zum Ausbacken (Am besten machst du mit einem Holzkochlöffel die Fettprobe: Stiel des Holzlöffels ins Fett tauchen. Wenn sich um das Holz herum kleine Bläschen bilden, ist das Fett heiß genug. Es darf nicht rauchen! Also höchstens auf Stufe 2 – 2,5 stellen). Das Öl sollte in einer Pfanne mit hohem Rand erhitzt werden. (Es sollte etwa 1 – 2 cm hoch in der Pfanne stehen. Denk dran, den Pfannengriff immer in Richtung Herd zu drehen.
Nun die Holunderblüten in den Teig tauchen und dann im heißen Fett goldgelb ausbacken.
Tipp: Vanille-Soße schmeckt super dazu!

(aus der „Magischen Rezeptesammlung" von Gabriela d'Albert)

GETRÄNKE

Holundersekt, Met, Ale, Sommerbowle.

RÄUCHERWERK

Pinie, Weihrauch, Zitronenmelisse, Limone, Myrrhe, Johanniskraut, Kamille.

KRÄUTER

Johanniskraut, Kamille, Lavendel, wilder Thymian, Holunder, Fenchel, Hanf.

EDELSTEINE

Mondstein, Jade, Smaragd, Olivin, Tigerauge, Lapislazuli.

MUSIK

„**Ut queant**", von Paulus Diaconus (Hymnus zu Ehren Johannes des Täufers)*, „**Ein Sommernachtstraum**", Ouvertüre von Felix Mendelssohn-Bartholdy. Sommerlieder.

RUNE: Jeran

Jeran ist die Rune des Jahres und der Transformation. Mit ihrem Einsatz können wir Stagnationen überwinden, unsere natürlichen Körperrhythmen wiederherstellen und ein gutes Planen und Ernten erzielen.

TÄNZE

Jeran-Runentanz

Dein rechter Arm bewegt sich abgewinkelt nach oben, dein linker Arm dementsprechend nach unten. Forme diese Figur zweimal deutlich durch leichte Anspannung und anschließende Lockerung der Muskeln (leichte Abwärtsbewegung). Dann wechselt die Figur, und der linke Arm bewegt sich abgewinkelt nach oben, der rechte Arm nach unten. Diese beiden Positionen können auch wechselseitig im Rhythmus gemacht werden.

Feuer-Tänze, Tänze um Eichbäume.

JERAN

PFLANZEN PFLÜCKEN

Jetzt ist die Zeit, um magische Pflanzen zu pflücken, denn nun haben sie die stärkste Kraft in sich (Johanniskraut, Holunder usw).

FEUER MACHEN

Ein schönes Feuer zu machen, ist immer wieder ein beeindruckendes Erlebnis. Es sollte (besonders am Litha-Fest) jeder beim Holzsammeln mithelfen. Tanzt um das Feuer. Macht Umzüge mit Fackeln.

Schreibe auf einen Zettel, was dich bedrückt und was du gerne loswerden willst. Doch lass es keinen lesen. Falte den Zettel und wirf ihn ins Feuer (aber bitte vorsichtig!) mit folgendem Zauberspruch:

Feuer, Feuer,
Abenteuer!
Tilge alle Sorgen,
Neues bringt das Morgen.

BAUM-RITUALE

Zu den Baum-Ritualen gehören das Schmücken, Ehren und Umtanzen von Eichbäumen. Mache das „Mein Freund der Baum"-Ritual (siehe DAS BUCH DER MAGISCHEN RITUALE, S. 103).

BLEIBT DEIN LOVER TREU?

Wenn du wissen willst, ob dir dein Lover treu bleibt, dann pflanze in der Walpurgisnacht zwei Vergissmeinnicht-Pflänzchen in einen Topf mit Erde. Vergrabe einen Lieblingsedelstein von dir und einen von deinem Schatz in dem Topf. Wachsen die beiden Pflanzen aufeinander zu, so wird dein Lover dir treu bleiben.

MEDITATION

DER JAHRESLAUF

Meditiere über den Jahreslauf, das Auf und Ab des Lebens, Höhepunkte und Tiefpunkte, Anfang und Ende, Leben und Tod.

Lammas/Lughnasadh
1. bzw. 2. August

Das erste Erntefest
(Mondfest)

Die Kraft des Sommers schwindet merklich. Doch das Korn, unser wichtigstes Nahrungsmittel, steht jetzt in voller Reife. Mit dem Schnitt der Sense stirbt der Jahreszeiten-Gott und kehrt in den Schoß der Erde zurück. **Lammas** ist im Hexenjahr das erste und eines der ältesten Erntefeste überhaupt. Der Name kommt vom keltischen „Hlaf-maas" (im Englischen entsprechend „loaf-mass") und bedeutet Laib- oder Brotmenge. Lammas wird verkörpert durch eine sehr alte keltische Fruchtbarkeits- und Erntegöttin und bedeutet „Brotmutter". Es ist also ein Fest des Brotes. Entsprechend erinnert **Lughnasadh** an *Lugh*, den Gott des Getreides. Nach manchen Quellen soll dieses Fest von *Lugh* zu Ehren seiner Ziehmutter *Taillte* gegründet worden sein. Weil man früher glaubte, im Korn wohne ein Geist, ließ man als Ernte-Opfer die letzte Garbe zusammengebunden stehen. Einige Körner dieser Garbe wurden unter das Saatgut des nächsten Jahres gemischt und sollten damit Fruchtbarkeit und reiche Ernte bringen.

FESTTAGE

Lughnasadh, Schnitterfest, Hagel-Bittopferfeier, Augustabend, Brotfest, Ceresalia.

GOTTHEITEN

Lugh, Wodan, Juno, Thor, Habondias, Sif, Ceres, Kore, Demeter.

ASSOZIATIONEN

Reife, Ernte, Hagel, Vollmond.

DEKO FÜR ALTAR UND TEMPEL

Kerzen: Goldfarben, gelb und orangefarben.

Pflanzen: Alle Körner, Weizengarben, Brot, Trauben, Brombeeren, Sonnenblumen, Eichenblätter, Heidekraut.

Sonstiges: Selbst gebastelte Puppen aus Maiskolben oder Korn.

KOSTÜMIERUNG

Müller, Bäcker, Bauer.

BRÄUCHE UND RITUALE

Ihr könnt gemeinsam Brot backen (Übrigens: Ein Brotback-Automat ist eine gute Investition und kostet gar nicht mal so viel ...). Sprecht Erntegebete und segnet eure Speisen und Vorräte. Lammas ist ebenfalls eine gute Zeit für Erfolgs- und Freundschaftszauber. Nun kannst du deinen Altar mit den reichen Schätzen der Natur dekorieren.

SCHMUCKLADEN NATUR

Schmückt euch gegenseitig mit den Schätzen, die die Natur euch jetzt bietet. Du kannst einen Kranz aus Ähren oder Kornblumen flechten und im Haar tragen.

SPEISEN

Mais, Reis, Sonnenblumenkerne, Brot, Kuchen. Jeder sollte Früchte mitbringen für einen Obstsalat oder ein frisches Müsli.

LAMMAS-POWER-MÜSLI

Dinkel ist ein uriges Kraftgetreide. Im Gegensatz zum Weizen verträgt Dinkel kaum Dünger. Außerdem schützt ein harter Spelz das Korn vor äußeren Umweltgiften. Der feine, nussige Dinkelgeschmack macht sich auch gut im Kuchen.

Du benötigst:

200 g Vollkorn-Dinkelmehl
3 – 4 Esslöffel Butter
400 g Quark
1 kl. Becher Joghurt
Zimt
Vanille
Gemischte Früchte: 2 Bananen, 3 Äpfel, kernlose Trauben, Brombeeren (zum Dekorieren), Erdbeeren, eine kl. Dose Pfirsiche in Saft
3 Esslöffel Erdbeermarmelade
Geriebene Schokolade
Sahne   ➙

Die Butter vorsichtig in einer Pfanne erhitzen und das Mehl darin leicht bräunen, bis es duftet und voll Butter gesogen ist (Am besten mit einem hölzernen Kochlöffel das Mehl langsam rühren). Die Bananen klein drücken, Quark, Früchte, Marmelade, etwas Pfirsichsaft, Gewürze und Mehl vermischen. Sahne steif schlagen und vorsichtig unterheben (Unterheben meint „nicht verrühren", sonst gibt es nur Pampe statt einer lockeren Creme!). Mit Schokostreuseln und Brombeeren verzieren.

(aus der „Magischen Rezeptesammlung" von Gabriela d'Albert)

POPCORN

Du benötigst:

Puffmais, Öl (vorzugsweise Sonnenblumenöl), einen breiten Topf oder eine Pfanne mit Deckel.

Erhitze das Öl, gib zwei Esslöffel Körner hinein und verteile sie gut. Tu dann schnell den Deckel wieder drauf. Nach ca. 3 Minuten sind die Körner aufgesprungen. Jetzt kannst du das Popcorn entweder mit Zucker oder mit Salz bestreuen.

GEGRILLTE ODER GEKOCHTE MAISKOLBEN

Pro Person rechnest du einen Maiskolben. Zunächst die Blätter vom Maiskolben vorsichtig nach unten ziehen, aber nicht ablösen. Die Fasern entfernen und dann den Mais mit Sonnenblumenöl einpinseln. Die Blätter wieder hochziehen und mit Kuchengarn festbinden. Die Kolben werden auf dem Backofengrill, dem Holzkohlengrill oder am Lagerfeuer in der Glut von jeder Seite 10 Minuten geröstet, bis die Blätter fast verkohlt sind. Dann die Blätter vorsichtig lösen und einen Klecks Butter auf den Mais geben. Wenn du die Kolben kochen willst: Blätter ablösen, Stielansatz und Spitze abschneiden, mit einer Prise Zucker in reichlich kochendes Wasser geben und etwa 10 Minuten kochen. Gar-Test: Die Körner müssen sich mit einer Gabel lösen lassen. Ebenfalls mit Butter servieren.

Aus: w.i.t.c.h. – Das magische Mädchenmagazin – Nr. 08/2001

GETRÄNKE

Eistee, Zitrus-Getränke (von frischen Orangen, Zitronen, Limonen), Brottrunk.

Brottrunk – Schon mal probiert? Gibt's meistens beim Bäcker oder im Supermarkt. Schmeckt etwas säuerlich. Ist aber ein absolutes Allheilmittel, z. B. reinigt er Magen und Darm und ist ein toller Fitmacher.

RÄUCHERWERK

Weihrauch, Brombeerblätter, Sandelholz, Aloe, Rose, Sonnenblume, Myrte.

EDELSTEINE

Bernstein, Citrin, Goldtopas, Sonnenstein, Peridot, Sardonyx.

MUSIK

„**Summertime**", *George Gershwin* (interpretiert z. B. von *Janis Joplin*), „**Summertime Blues**" von *The Who*, „**In the summertime**" von *Mungo Jerry*.

RUNE: Haglaz

In diesem Runenwort steckt unser deutsches Wort Hagel. Haglaz ist die Rune, die vor Angriffen schützt und die Heilkräfte wiederherstellt. Sie wurde und wird auch vielfach zum Schutz vor Hagel verwendet. Welch gewaltige Power der Hagel haben kann, davon können Landwirte ein Lied singen. Schon so manche Ernte wurde durch Hagel teilweise oder völlig vernichtet. Mit bis zu faustgroßen Hagelkörnern wurden oftmals sogar ganze Autos und Häuser demoliert.

TÄNZE

Haglaz-Runentanz

Strecke beide Arme waagerecht aus, die Hände mit den Innenflächen nach oben. Drehe dich langsam in der dir angenehmen Drehrichtung. Stelle dir an deinen Händen zwei Säulen aus Energie vor, die sich vom Himmel durch deine Hände hindurch bis in die Erde erstrecken. Es sind die Säulen des Gleichgewichts der Kräfte.

HAGALAZ

Ernte-Tänze, Erntemutter-Tänze um weibliche Statuen.

MEDITATION

Meditiere über den Hagel. Welche Eigenschaften hat er? Wo gibt es Erstarrung, Vereisung und Verwüstung in deinem Leben? Wie gehst du mit Schicksalsschlägen um?

Mabon

21. September

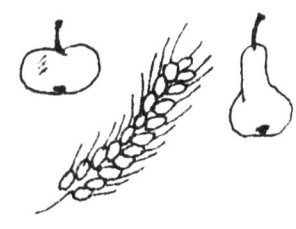

Das zweite Erntefest
(Sonnenfest)

Herbsttagundnachtgleiche. Tag und Nacht sind wieder gleich lang. Der Sommer ist nun endgültig vorbei. Überall fallen die Blätter von den Bäumen. Die letzten Ernten werden eingefahren. Kirmeszeit: Riesenrad und Zuckerwatte locken. Die Nächte werden wieder spürbar länger. Vielleicht ist es tagsüber noch angenehm warm, vor allem wenn uns ein „Altweibersommer" beschert wird. Aber die Nächte können schon gnadenlos kalt sein. Die ersten Nebel tauchen auf. Nicht selten heißt es dann wieder: Bude heizen! Das Öl ist wieder mal teurer geworden, ob wir doch auf Gas umsteigen sollten ...? Ein Augentrost: Der Herbst ist ein fantastischer Maler. Gelegenheit für dich, farbenprächtige Blätter zu sammeln und Altar und Tempel damit zu schmücken. In manchen Gebieten unseres Landes werden in dieser Zeit noch traditionelle Erntefeste gefeiert. Die alten Germanen dankten dem Donnergott Thor für die segensreiche Ernte. Gleichzeitig ist Mabon der Name des keltischen Sonnenkönigs, Sohn der Erdenmutter Madron.

FESTTAGE

Herbstsabbat, 2. Erntefest, Alban Elfed, Dionysien, Weinernte.

GOTTHEITEN

Freyr/Freya, Thor, Mabon.

ASSOZIATION

Dank, Zusammenhalt, Abschied.

DEKO FÜR ALTAR UND TEMPEL

Kerzen: Gelb, dunkelrot und braun.

Pflanzen: Getreide, Ähren, Herbstblumen, Herbstlaub, Früchte, Haselnuss, Kastanien, Hagebutten, Trauben, Wein, Tannenzapfen.

KOSTÜMIERUNG

Herbstbaum, Blättermännchen/-weibchen, Mabon.

Äpfel (roh, getrocknet oder als Backäpfel), geröstete Maronen, Gemüse-topf.

SÜSSE ROTE LINSENSUPPE

Zu diesem Rezept müsst ihr unbedingt Biolinsen verwenden. Die konventionellen Linsen sind in der Regel nicht keimfähig. Ange-keimte Linsen entwickeln nicht nur ein schönes Aroma, auch der Gehalt an Vitaminen und Mineralstoffen steigt in den angekeim-ten Linsen um das Zehnfache an. Ist ja auch logisch: Der Keimvor-gang weckt die Lebenskräfte in den Linsen. Und wenn das Sprich-wort **„Du bist, was du isst ..."** zutrifft, kann das ja nur gut tun!

1 Paket Linsen waschen und auslesen (Achtung, es können kleine Steinchen mit dabei sein). Mindestens 24 Stunden vor dem Kochen in einer großen Schüssel einweichen. Die Linsen sollten währenddessen immer feucht sein, aber nicht im Wasser schwim-men. Ab und an umheben.

Du benötigst:

200 g rote Linsen
1 Flasche (0,75 l) Traubensaft
1/2 l Brühe
1 Zwiebel – fein hacken
2 Möhren, etwas Sellerieknolle
1 Knolle rote Beete – waschen, schälen und würfeln
1 Stange Lauch – putzen, in feine Streifen schneiden
2 Kartoffeln – waschen, schälen, würfeln
1 Knoblauchzehe (je nach Geschmack)
1 EL Vollkornmehl
Salz
Sojasauce
Petersilie

Fett in einem hohen Topf erhitzen und Mehl darin dunkelbraun anbraten (das Mehl sollte quasi im Fett schwimmen). Zwiebel und Gemüse dazugeben und bei nicht allzu großer Hitze leicht anbräu-nen. Wenn alles toll duftet, Linsen (ohne Einweichwasser) 5 Min. mit-dünsten (gut schließenden Deckel nicht vergessen). Dann Brühe auf-füllen, umrühren, Traubensaft dazugeben. Kochzeit je nach Linsen-sorte beachten! (Steht ja auf der Packung.) Gekeimte Linsen brau-chen meist 10-20% weniger Kochzeit. Zum Schluss mit Salz und Soja abschmecken und mit Petersilie bestreuen.

(aus der „Magischen Rezeptesammlung" von Gabriela d'Albert)

GETRÄNKE

Apfelsaft, Apfelschorle.

BRÄUCHE, RITUALE, SPIELE

Zu den Brauchtümern an Mabon gehören das Entzünden von Erntefeu-
ern, Erntekränze binden, Strohpuppen anfertigen und aufhängen. Auch
Opfer- und Dankesrituale sind üblich.

DER HEXENZOPF

Flechtet ganz viele eurer Kordeln zu einem Hexenzopf zusammen, zu einem Kunstwerk. Denkt dabei mit guten Gedanken an
das erntereiche vergangene Jahr, an den Segen eures Hexenzirkels,
und seid dafür dankbar. Der Hexenzopf symbolisiert den Ernte-
dank, eure gemeinsamen Kräfte und Bemühungen. Hängt ihn zum
Zeichen dafür an einem geeigneten Platz in den Räumen eurer
Zusammenkünfte auf – oder an einem anderen Ort eurer Wahl.

MUSIK

„**Autumn comes**" (engl. Volkslied, 16. Jhd.), „**Autumn**" von *George Winston*
(wunderschön herbstlich-meditative Klaviermusik).

RÄUCHERWERK

Salbei, Benzoe, Farn, Myrrhe, Rose, Eicheln, Pinie.

EDELSTEINE

Amethyst, Citrin, Bernstein, Jaspis, Karneol, gelber Achat.

RUNE: Kenaz

Kenaz (sprich: kenass) ist die Rune der Fackel und der Krankheit. Sie
wird bei Entzündungen und Wunden, zur Steigerung der Körperkraft
und zur Neuordnung in chaotischen Situationen eingesetzt.

Kenaz-Runentanz

Bei diesem Tanz bilden Körper und Arme die Form eines Ks. Das heißt: Bei aufrechter Haltung ist der rechte Arm schräg nach oben gestreckt, der linke nach unten. Die Bildung von Kenaz kann ruckartig vonstatten gehen. Wobei du in der Haltung der Rune verharren oder in die ursprüngliche Ausgangsstellung zurückkehren kannst. Deine Arme können sich abwechseln (mal rechte Hand oben und linke Hand unten – mal linke Hand oben und rechte Hand unten).

Erntetänze, Hexen-Besentanz über die Felder.

MEDITATION

KENAZ

DIE UNIVERSELLE ALLIANZ

Meditiere über die Verbundenheit der Hexen, Magier und spirituellen Vertreter aller verschiedenen Traditionen und Religionen, die Universelle Allianz. Sei froh und dankbar für jede Begegnung und Bekanntschaft mit Gleichgesinnten. Dankbarkeit ist auch das zentrale Thema des Mabon-Festes.

Dankbarkeit

Dankbarkeit,

im Leben und an das Leben.

Dankbar für jeden Augenblick,
in dem ich verstehe.

Dankbar für jeden Moment,
in dem ich sehe.

Und dankbar für meine Hoffnung.

Ich bin dankbar
für alle Zeichen auf meinem Weg.

Ich danke jedem Herzen, das zu mir spricht
und sich meinem Herzen öffnet.

Ich bin dankbar für jedes kleine Wunder,
das ich erkennen darf.

Und meine Dankbarkeit zeige ich
wann immer möglich
als Freude und Liebe zum Leben.

Gabriela d'Albert

Samhain/Halloween
31. Oktober/1. November

Das Hexen-Neujahr
(Mondfest)

Die Lebenskraft der Natur zieht sich mehr und mehr in ihr Innerstes zurück. Es wird gnadenlos kälter und kälter. Herbstzeit kann ganz schön depressiv machen. Die Tage sind grau, die Nächte irgendwie unheimlich. Die letzten Oktober- und die darauf folgenden Novembertage haben oft etwas Bedrückendes an sich. Da kommt so ein cooles Fest genau richtig!

In den 90er-Jahren schwappte ein neuer Festbrauch zu uns herüber, wie so manches kam er wieder einmal aus Amerika: Halloween („All Hallow's Eve" = Aller-Heiligen-Abend). Viele Menschen in unserem Land standen dieser Sache anfangs ziemlich skeptisch gegenüber, manche sind dies auch heute noch. Wieder so etwas Amerikanisches. Aber Halloween ist nichts typisch Amerikanisches. Es hat seine Wurzeln in unserer europäischen Tradition. Denn Samhain (=Sommer-Ende) ist das keltische Neujahr, ein Feuer- und Totenfest, und zählt mit seiner über 5000-jährigen Tradition zu den ältesten Festen der Menschheit überhaupt. Das Christentum führte **Allerheiligen** und **Allerseelen** ein, zwei Feiertage, an denen die Gläubigen der Toten gedenken und die Gräber besuchen und schmücken.

Im Keltischen hat Halloween auch die Bedeutung „Heilige Frau" oder „Heilige Schwester". Entsprechend feierte man bei den Germanen das Fest „Holla" oder „Frau Holle". Sie verkörpert die Göttin der Unterwelt, die am Vorabend zu Halloween die Pforten zu den Toten öffnet. Daher ist jetzt ein guter Zeitpunkt, Kontakt mit ihnen aufzunehmen.

Früher wurde gerade in dieser Zeit Vieh geschlachtet, vor allem dann, wenn man es nicht über den Winter bringen konnte. In manchen ländlichen Gegenden Europas ist dies heute noch Brauch. Mit dem geräucherten oder gepökelten Fleisch legten sich die Menschen einen Wintervorrat an. Auch ihre Götter und Ahnen sollten davon etwas abbekommen.

Das Denken an Tote zu Samhain bzw. Halloween hat eine sehr lange Tradition. Dabei gedachte man aber nicht der Toten des vergangenen Jahres. Der Tradition gemäß sollte mindestens ein Trauerjahr vergangen sein. Dem zu Grunde liegt die Auffassung, dass sich sonst die Verstorbenen noch zu sehr an die Trauernden binden und sie möglicherweise nicht mehr loslassen könnten.

Manche feiern Samhain oder Halloween an Schwarzmond bzw. Neumond nach Mabon. Die meisten begehen es in der Nacht vom 31. Oktober auf den 1. November, dem christlichen Allerheiligen.

FESTTAGE

Allerheiligen, Allerseelen, Samonios, Martinmas.

GOTTHEITEN

Hellia, Hel, Morrigan, Hulda, Holle, Perchta, Bercht, Wotan, Freya.

ASSOZIATION

Der sterbende Gott, Verstorbene, Heilige, Totenehrung, Besinnung.

DEKO FÜR ALTAR UND TEMPEL

Kerzen: Rote, orangefarbene, braune und schwarze Kerzen.

Pflanzen: Kürbis (ganz und/oder ausgehöhlt), Granatäpfel, Äpfel, Birnen, Nüsse, Eicheln, Stroh, Disteln, Salbei.

Sonstiges: Besen, Masken, Kessel.

KOSTÜMIERUNG

Halloween ist ein wahres Fest der Verkleidung, und da gibt es jede Menge Möglichkeiten: Hexe (mit Besen!), Magier, Zauberer, Gespenst, Vampir, Zombie, Skelett, Waldgeist, Gnom, Zwerg ...

DER KÜRBIS – die Hit-Grusel-Frucht

Klar, der Kürbis ist der Hit an Halloween! Kein Halloween ohne Kürbis. Ein paar nützliche Tipps gibt es auf der nächsten Seite.

KÜRBIS SCHNITZEN

Am besten, du zeichnest vor dem Schnitzen die Umrisse mit einem Bleistift auf einem Blatt Papier vor. Denn auf dem Kürbis selbst lässt sich nicht so gut malen, und außerdem kannst du deinen Entwurf auf dem Papier wieder korrigieren. Nun befestigst du ihn mit Nadeln oder Klebeband auf dem Kürbis. Dann machst du mit einer Nadel möglichst viele Stiche, um die Umrisse zu markieren. Nach der Markierung verwende ein längeres, gezacktes Messer zum Ausschneiden. Hole mit einem Löffel das Fruchtfleisch heraus. Dieses kannst du für allerlei Kürbisgerichte (Suppen, Nachspeisen etc.) verwenden. Um den Deckel herauszuschneiden, setze das Schnitzmesser schräg in Richtung Kürbismitte an. Achte darauf, dass das Loch groß genug ist, dass deine Hand noch hineinkommt. Verwende Teelichter oder passende Kerzen mit Kerzenhaltern, die du am Boden befestigst. Stelle den fertigen Kürbis immer auf eine Unterlage. Am schönsten wirkt er natürlich draußen vor dem Haus, auf der Terrasse oder im Garten bei Nacht.

SPEISEN

Kürbis- und Apfelgerichte, Mohnkuchen, Haselnüsse.

HALLOWEEN-TRAUM

Du benötigst:
(für ca. 10 Personen)

1 kleiner Hokaido-Kürbis (es sollte auch wirklich ein Hokaido sein! Mit anderen Sorten schmeckt das Ganze nicht so lecker, zumindest mir ...)
6 Esslöffel Orangenmarmelade (Marke „English bitter". Hier lohnt es sich, Bio- oder Reformhausware zu kaufen, da Zitrusfrüchte ja bekannterweise stark gespritzt sind)
2 Becher Schlagsahne, geschlagen
200 g Nüsse, grob gemahlen (mit der Kaffeemühle oder Moulinette)
1 frische Apfelsine (ausgepresst und etwas Fruchtfleisch dazugeben)
1 Vanilleschote
1 Kaffeetasse Wasser
2 Esslöffel Cointreau oder Orangenlikör (ab 16 Jahren)
Raspelschokolade →

Den Hokaido in 6 bis 8 Stücke schneiden (lassen). Das Praktische am Hokaido ist, dass er problemlos mit Schale verarbeitet werden kann. Das Zerteilen des Kürbis ist nicht ganz einfach. Von daher wäre es ratsam, wenn ihr ihn gleich im Geschäft zerlegen lassen könntet.

Den Hokaido dann auf einer Apfelraspel in dünne Streifen raspeln und zusammen mit der Vanilleschote, Orangenmarmelade, dem Wasser und Apfelsinensaft etwa 20 Minuten kochen. Der Kürbis kann ruhig noch einen leichten Biss haben (Wer allerdings mehr auf Puddingpampe steht, kann das Ganze auch einfach länger kochen lassen). Dann das Fruchtfleisch der Apfelsine und die Nüsse unterziehen. Jetzt erst mal warten, bis die Creme abgekühlt ist. Dann die Sahne vorsichtig unterheben – nicht matschen! Ziehst du die geschlagene Sahne gleich unter die noch warme Masse, wird die Sahne sofort wieder flüssig.

Vor dem Servieren großzügig mit Schokoraspeln dekorieren ... Lecker, lecker!

Tipp: Manche Leute haben Vorurteile gegenüber dem Kürbis. Deshalb: Lass sie erst mal probieren, dann verrate, dass es Kürbis war...

(aus der „Magischen Rezeptesammlung" von Gabriela d'Albert)

GETRÄNKE

Ale, Apfelsaft, Apfelmost, Kräutertees, Kürbissaft, Punsch.

RÄUCHERWERK

Muskat, Minze, Salbei, Kampfer, Heliotrop.

EDELSTEINE

Schwarzer Turmalin, Rauchquarz, Opal, Onyx, Obsidian, Jet.

MUSIK

... für den fetzigen, gruseligen Teil:

„ROCKY HORROR PICTURE SHOW"
„SPOOKY HALLOWEEN SOUNDS", witzige und gruselige Geräusche, die idealen Überraschungssounds für ein ultimatives Halloween.
„MICHAEL MEYER'S HALLOWEEN", Soundtrack.
„BRAM STOKER'S DRACULA", Soundtrack.
„TANZ DER VAMPIRE", Musical-Soundtrack.
„CLASSICS", *Alice Cooper* (mit Klassikern wie „Schools Out", „No more Mr. Nice Guy" aber auch neueren Titeln wie "Poison"),
„BRUTAL PLANET", *Alice Cooper.*
„HALLOWEEN", "**SCHLAFLIED"**, Die Ärzte.
„HALLOWEEN", *Siouxie & the Banshees.*
„GHOSTBUSTERS", *Ray Parker Junior.*

... für den ernsteren Teil:

„CARMINA BURANA", *Carl Orff.* Ein Top-Seller unter den Klassikern bei Jung und Alt. **SINFONIE NR. 3**, *Henryk Gorecki.* **KINDERTOTENLIEDER,** *Gustav Mahler.* **REMEMBERANCE**, George Winston.

Weitere Gruppen, deren Musik an Halloween geeignet ist: *Dead Can Dance, 69 Eyes, Deine Lakaien, Tanzwut.*

RUNE: Thurisaz

Thurisaz (auch Thorn genannt) ist die Rune des Dorns, des Trolls. Sie bringt vielleicht für manche etwas Unheimliches rüber. Irregeleitete „Runenforscher" drücken ihr gerne einen negativen Stempel auf. Aber keine Rune ist von Haus aus gut oder böse. Es ist immer eine Frage, welche Energie ich ihr gebe und wie ich sie einsetze. Thurisaz kann als Abwehr- und Schutz-Rune hervorragend verwendet werden.

TÄNZE

THURISAZ

Thurisaz-Runentanz

Mit diesem Tanz kannst du einerseits die Welt der Trolle kostümiert und tänzerisch nachempfinden. Andererseits ist der Stadha Thurisaz ein wirkungsvolles Abwehrmittel gegen böse Geister, Dämonen und negative Kräfte überhaupt. Wechsle die Stellung der Arme rhythmisch bzw. im Takt des Musikstückes ab.

Totentänze (auch maskiert).

Die meisten verkleiden sich an Halloween, manche ziehen von Haus zu Haus. Gut geeignet sind Orakelbefragungen wie Tarot, I-Ging u. a. Halloween ist ganz klar auch ein Fest für schamanische Rituale und Reisen, Anrufungen von Gottheiten und Geistern und Meditationen zum Gedenken an Verstorbene. Beim Umgang mit Geistern jedoch solltest du bzw. solltet ihr behutsam sein und euch von erfahrenen Hexen und Magiern beraten lassen. Damit ist gewiss nicht zu spaßen.

RUNEN-ORAKEL

Die Befragung von Runen-Orakeln ist an Halloween bzw. Samhain besonders passend und wirkungsvoll. Dafür brauchst du entweder Runensteine oder Runenkarten. Letztere kannst du auch selbst aus Karton anfertigen und die Runen anhand einer Tabelle drauf malen (Siehe DAS BUCH DER MAGIE, S. 106). Es gibt eine Reihe von Runenorakeln und Legesystemen. Eine einfache Methode besteht darin, dass du dir spontan (mit der linken Hand!) drei Runensteine aus dem Säckchen holst oder aus den vorher gemischten Karten drei ziehst. Lege die Steine bzw. Karten dann von links nach rechts.
Die linke Rune (1) steht für die Vergangenheit, die mittlere (2) für die Gegenwart und die rechte (3) für die unmittelbare Zukunft.

(1)   (2)   (3)

DIE VERSTORBENEN EHREN

An diesem Abend sind die Grenzen zur „anderen Welt" besonders durchlässig. Mach eine Liste mit den Verstorbenen, die dir nahe stehen: Eltern, Geschwister, Großeltern, andere Verwandte, Freunde, verstorbene Stars etc. Stelle auf deinen Altar Fotos und Gegenstände, die sie darstellen oder an sie erinnern sollen. Erzähle etwas über die Ahnen. Verhalte dich aber, vor allem wenn du verkleidet bist und von einer Fete kommst, ruhig und respektvoll, aus Rücksicht den Toten gegenüber!

Schottisches Lied:

HALLOWEEN SONG

This is the night of Halloween.
All the witches to be seen,
Some of them black, some of them green,
And some of them like a randy quean.
Halloween we fear will come.
Witchcraft will be done by some.
Burn your brand and let us see
Confusion to the witches be!

HALLOWEEN LIED

Dies ist die Nacht von Halloween.
Alle Hexen geh'n jetzt dorthin.
Manche sind schwarz, manche sind grün,
und andere sausen als Luder dahin.
Halloween wird kommen, o Graus.
Zünd die Fackel an und komm raus,
Einige werden zaubern nun.
Verwirrung den Hexen, die Böses tun!

(*deutsche* Version: Yan d'Albert)

ÄPFEL SCHNAPPEN

Ein beliebtes, total cooles und witziges Halloween-Spiel.

Du benötigst:

Eine große Schüssel
Wasser
Äpfel
Tücher

Gebt in eine große, mit Wasser gefüllte Schüssel so viele Äpfel, wie ihr Teilnehmer seid. Nun versucht jeder der Reihe nach, mit den Händen auf dem Rücken, in einen Apfel zu beißen. Jeder hat eine bestimmte Zeit dafür zur Verfügung (z. B. 1 Minute), die von einem Teilnehmer gestoppt wird. Wer die meisten Äpfel schnappt, hat gewonnen. Eine lustige Variante besteht darin, dass mehrere gleichzeitig nach den Äpfeln schnappen.

KLOPA-MUMIE

Du benötigst:

Toilettenpapier (Achtung, nicht zu dünnes Papier verwenden! Das billigste, graue Supermarkt-Klopapier reißt nicht so leicht).
Aufkleber oder Klebeband

Aus den Teilnehmern werden Paare gebildet. Jeweils einer ist die Mumie, der andere ist der Mumienwickler. Die Mumie soll gerade stehen, die Arme hängen herunter und die Hände sind seitlich an den Oberschenkeln angelegt. Die Füße stehen dicht beieinander. Der Mumienwickler wickelt nun die Mumienperson ein, wobei er darauf achten muss, dass er möglichst schnell und genau vorgeht. Alle Körperstellen (bis auf Mund und Nase) müssen bedeckt werden. Wer als Erster den Aufkleber oder ein Stück Klebeband mit dem letzten Stück Papier auf der Mumie befestigt, nachdem er die Mumie komplett eingewickelt hat, ist der Sieger.

Jul

zwischen 21. und 23. Dezember

Die Geburt des Lichts
(Sonnenfest)

Das altgermanische Julfest wird auch Yul oder Yule genannt. Das Wort kommt aus dem Nordischen und bedeutet so viel wie „Rad".

Die längste Nacht des Jahres – der kürzeste Tag

Jetzt naht die längste Nacht des Jahres, und dann werden die Tage wieder länger. Viele Menschen des Altertums glaubten zu diesem Zeitpunkt der tiefsten Finsternis, das Ende der Welt sei gekommen.
Dies kommt in der „Götterdämmerung" der germanischen Dichtung „Edda" zum Ausdruck. Die Hexen glauben an die Wiedergeburt. Für sie kommt nun die Göttin herab und schenkt dem Gott erneut das Leben. Nach dem Sieg über die Dunkelheit wird Baldur, der Sohn der Sonne, wieder geboren.

Von dem Historiker Beda (672/673-735) wissen wir, dass manche nordische Länder die Wintersonnenwende mit dem Fest der modraneth, der „Mütternacht", einem uralten Fest zu Ehren der Göttinnen, Frauen und Mütter, feierten.

Das Julfest lebt heute noch in den skandinavischen Ländern weiter. Die Menschen dort richten Scheite aus Eichen- oder Eschenholz auf, dekorieren sie und entzünden das Julfeuer. Dann werfen sie oft Münzen oder Samen ins Feuer, ein beliebtes Orakel, von dem sie sich Glück und Reichtum erhoffen. Die Asche des Julfeuers streuen sie auf die Felder, damit sie Fruchtbarkeit bringen, und mischen sie den Tieren unters Futter, um sie zu schützen.

Wie aus dem Julfest das Weihnachtsfest wurde

Das Julfest lässt sich – vor allem, wenn du einer christlichen Tradition angehörst – gut mit Weihnachten verbinden. Schließlich hat sich ja das Weihnachtsfest aus dem Julfest entwickelt bzw. ist mit ihm allmählich verschmolzen. Die brennenden Kerzen am Weihnachtsbaum erinnern an das Jul-Feuer. Heute wie damals schmückte man die Räume und Wände der Häuser mit Tannenzweigen. Den gebundenen Kranz mit den vier Kerzen gab es schon vor den Christen. Er war ein Symbol für das Leben. Die vier Kerzen standen für die vier Elemente und Himmelsrichtungen. Im späteren christlichen, bis heute erhaltenen Brauch kündigen sie die vier Sonntage vor Weihnachten an.

ANDERE FESTTAGE

Weihnachten, Saturnalien, Finn's Day, Geburt des *Horus*, Fest der Göttin *Lucina*.

GOTTHEITEN

Baldur, Jul, Lucina, Attis, Kriss Kringle.

ASSOZIATION

Geburt des Lichts, Tod und Wiedergeburt, Neuanfang, Besinnlichkeit, Frieden, Liebe.

DEKO FÜR ALTAR UND TEMPEL

Mit ein bisschen Fantasie kannst du mit folgenden Gegenständen Raum und Altar dekorieren und einen originellen Lichterkranz oder Lichterbaum kreieren.

Kerzen: Weiß, rot, grün, gold- und silberfarben.

Pflanzen: Wacholder, Mistel, Weihrauch, Zeder, Julzweige z. B. aus Eiche, Mistel oder Stechpalme, Zapfen, Moos.

> Tannenbaum/Julbaum mit Äpfeln, Orangen, Zitronen, Nüssen und Zimtstangen dekorieren.

Sonstiges: Engelfiguren, Geschenke.

KOSTÜMIERUNG

Engel, Weihnachtsmann.

BRÄUCHE UND RITUALE

Sollen Weihnachten oder Jul nicht zum totalen Konsumrausch verkommen, müssen wir uns der eigentlichen, tieferen Bedeutung bewusst werden und dies mit Brauchtum und Ritual würdigen.

DAS BESORGEN UND SCHMÜCKEN EINES LICHTERBAUMES

Schon als Kind habe ich es nie verstanden, ja fand es sogar ungerecht, dass so viele Bäume für ein paar Tage Weihnachten ihr Leben lassen müssen. Immer wieder quälte ich meine Eltern mit dieser Frage, aber nie bekam ich eine befriedigende Antwort darauf. Ich muss gestehen, dass ich in meinem Leben für das Weihnachts- bzw. Lichterfest ein einziges Mal bewusst einen Baum habe fällen lassen. Was ich nicht erwartet hatte: Es war ein beeindruckendes Ritual. Es hatte etwas Mystisches und Heiliges; ich kann es nicht erklären. Trotzdem bin ich kein Freund davon. Ich engagierte mich schon als junger Mann im Umweltschutz gegen das Waldsterben. Im Rahmen eines Kompositionswettbewerbes komponierte ich dann eigens ein Lied zu diesem Thema. (Mit „Jeder Baum ist unser Freund" erreichte ich damals den 2. Platz in der ZDF-Sendung „Im Land der Lieder". Es war mein erster großer musikalischer Erfolg). Heute ziehe ich es vor, einen Baum mit Wurzeln für das Lichterfest zu kaufen, um ihn später wieder anzupflanzen. Leben schenken, anstatt Leben zu vernichten!

VERBRENNEN DES JUL-ZWEIGES

Ein sehr alter Brauch ist es, den Jul-Zweig bis auf einen Trieb zu verbrennen (draußen). Aus diesem wird dann der Jul-Zweig für das nächste Jul-Fest gezüchtet.

JUL-FEUER UND VERBRENNEN DES JUL-SCHEITES

Auch an Jul wurden große Feuer auf den Feldern entzündet. Vor allem das Verbrennen des Julscheits war ein wichtiger Brauch. Dieser Holzscheit stammte von einem Baum auf dem eigenen Grundstück oder aus dem Garten oder war ein Geschenk eines Verwandten oder Freundes. Meist wurde der Julscheit mit einem vom letzten Julfest übrig gebliebenen Stück Holz angezündet.

MISTELZAUBER FÜR PÄRCHEN

Hängt Mistelzweige über eure Türschwelle. Küsst euch dann unter ihnen in der Nacht des Julfestes. Das wird euch Glück und Beständigkeit in der Liebe bringen.

JULBAUM-KERZEN-RITUAL

Wir begrüßen mit vielen Kerzen (Zahl der Teilnehmer), die wir nacheinander entzünden, die Wiedergeburt des Lichts.

Der Raum ist noch dunkel oder nur schwach beleuchtet. Meditiere über den Jul-Baum und die immer währenden Kräfte, die er symbolisiert. Dann entzündet jemand von euch die erste Kerze und erzählt eine Geschichte oder trägt ein Lied vor. Danach kommt der Nächste usw., bis alle Kerzen am Baum brennen.

Andere Licht-Rituale, Vergessens- und Realitätszauber.

RÄUCHERWERK

Lorbeere, Pinie, Rosmarin, Weihrauch, Zeder.

SPEISEN

Truthahn-, Gänse-, Putenbraten, Eierflip, Kuchen, Nüsse.

MIT KRÄUTERN GEFÜLLTER LACHS

Du benötigst:

1 großer Lachs (gibt es als Tiefkühlware schon sehr günstig im Supermarkt)
Aromatische Kräuter (getrocknet): Majoran, Basilikum, Rosmarin, Thymian.
1 Bund frische Petersilie, sehr klein schneiden
Olivenöl
1 Knoblauchzehe
2 Zwiebeln – ganz fein hacken
1 Möhre – fein raspeln
Kräutersalz
2 Zitronen

Fisch über Nacht auftauen, waschen, trocken tupfen, mit der Zitrone innen und außen säuern. Eine halbe Stunde ruhen lassen und dann salzen. Die Kräuter mit etwas Salz, Knoblauch, Olivenöl und den fein gehackten Zwiebeln gut vermischen und den Fisch damit füllen. Ein Backblech mit Backpapier auslegen (oder einfetten) und bei 175 bis 200 Grad Celsius im Backofen 20-30 Minuten →

garen, je nach Größe des Fisches. (Du kannst probieren, ob sich das Fleisch leicht von der Rückengräte löst oder nicht. Daran siehst du, wann der Lachs gar ist. Wenn der Lachs zu lange drin bleibt, kann er zu trocken werden. Also, einfach probieren). Mit Zitronenscheiben garniert servieren. Dazu passt hervorragend Basmati-Reis und Salat!

(aus der „Magischen Rezeptesammlung" von Gabriela d'Albert)

GETRÄNKE

Bowle, Glühwein (nicht einen von den billigen Fertigprodukten, der mitunter ganz üble körperliche Folgen haben kann, sondern am besten selbst gemachten. Es gibt übrigens auch alkoholfreien Glühwein!).

EDELSTEINE

Rubin, Hämatit, Granat, Granit, Katzenauge.

MUSIK

„Ya Nur", von Yan d'Albert. „Ya Nur" (arab.) ist ein Sufi-Mantra und gleichzeitig eine Anrufung. Es hat die Bedeutung „O Licht" oder „O Du, der Du Licht bist."

Ya Nur
Invocation of the Light – Anrufung des Lichts

Ya Nur! Ya Nur! Ya Nur! Ya Nur!
Ya Nur! Ya Nur! Ya Nur! Ya Nur!

Love, love is in my heart,
Love, love is in my heart, is in my heart.

Ya Nur! (8 x)

Beauty, beauty is in my heart,
Beauty, beauty is in my heart, is in my heart.

Ya Nur! (8 x)

Harmony, harmony is in my heart,
Harmony, harmony is in my heart, is in my heart.

Ya Nur! (8 x)

Ya Nur ist zu hören auf der CD „LIGHT OF ANGELS", Yan d'Albert (SOL MUSIC)

„Thy Light is in all forms" von Hazrat Inayat Khan*, **„Das Weihnachtsoratorium"** von Johann Sebastian Bach, barocke Weihnachtsmusik, Weihnachtslieder.

RUNE: Odala

Odala ist die höchste, in der germanischen Tradition dem Gott Odin geweihte, heilige Rune. Ebenso ist das Wort Odem (=Atem) mit ihr verwandt. Odala ist Sinnbild der Heimat und des Erbgutes. Sie trägt die Qualitäten der Verwurzelung, des Schutzes und der Harmonisierung in sich.

ODALA

TÄNZE

Odala-Runentanz

Stelle dich hin, die Beine hüftbreit auseinander. Falte die Hände über dem Kopf und bewege dich feierlich schreitend nach vorne und langsam im Rhythmus der Musik, als würdest du eine ruhig brennende Flamme tragen oder sein.

MEDITATIONEN

Meditiere über die Geburt des Lichts, über das Wesen des Lichts.

Dazu unterstützend einige wunderbare Gedanken von Hellmut Wolff, einem meiner spirituellen Lehrmeister:

> In der Stille begegnen wir der Kraft des Lichtes. Hier geschieht etwas Neues und Kreatives, etwas, das man nicht in Worte fassen kann, das aber von außergewöhnlicher Bedeutung für das ganze Leben ist.
>
> Es geht darum, dass wir wieder Sehnsucht nach dem Licht bekommen. Sie muss über alles groß werden. Um dieses Licht, das die Wahrheit ist, müssen wir ringen. So nur genaht es uns und so gelangen wir in Seine Gnade.
>
> Aus: „Dass des Himmels Friede werde, Offenbarung dieser Erde" von Hellmut Wolff (Bernadette-Wolff-Verlag, 87733 Markt Rettenbach-Engetried). Herzlichen Dank für die freundliche Abdruckgenehmigung, liebe Frau Wolff!

Esbat
(Vollmondfest)

Esbat lässt sich von dem französischen Wort s'esbattre (= fröhlich sein, feiern) ableiten. In der Tradition ist er ein Vollmond-Feiertag, zu dem sich Hexen und Magier meist in der freien Natur, oft um Mitternacht, zu Tanz, Anbetung und magischem Ritual versammeln. Die meisten Jahre haben 13, manche (wie z. B. das Jahr 2002) nur 12 Vollmonde. Es gibt Zirkel, die ihre Esbate auch wöchentlich, zweiwöchentlich oder in anderen Zeitabständen abhalten.

Die Bezeichnungen der Monde stammen aus der Wicca-Tradition.

JANUAR: MOND DES WOLFES

Wenn in einer kalten, winterlichen Vollmondnacht ein Wolf heulend und ausgehungert umherstreifte, versetzte er oft ganze Dörfer in Angst und Schrecken. Nicht nur damals, auch heute haben die Menschen die wundersamsten Vorstellungen von diesem Tier. Viele Legenden und Mythen ranken sich um das 30 Millionen Jahre (!) alte Raubtier. Vielfach wurde in der Mythologie – und wird auch heute noch durch die Medien – ein falsches Bild vom Wolf verbreitet, nämlich das von der blutrünstigen, mörderischen Bestie. Trotz allem wurde sein Nachfahr, der Hund, für den Menschen zum treuesten Gefährten unter allen Tieren. In Wahrheit ist der Wolf nämlich ein sehr intelligentes, soziales, menschenfreundliches und friedliebendes Tier. Die alten Römer feierten das Fest der Wölfin Luperca, die Romulus und Remus säugte, die Gründer Roms. Der Wolf steht für Individualität genauso wie für Gemeinschaftssinn, Treue und Schutz. Der Wolfsmond-Esbat erinnert uns an das Tier als Freund des Menschen. Deswegen sollten wir dieses Fest auch gemeinsam mit unseren Haustieren feiern.

Meditiere über den Wolf und seine Eigenschaften. Besorge dir Geschichten, Sagen und Fabeln über den Wolf. Was können wir von diesem Tier lernen?

FEBRUAR: MOND DES STURMES

Februarstürme sind geheimnisvoll und magisch. Behutsamer als die anderen Stürme des Jahres fegen sie über die weiße Decke und wirbeln Schneepulver wie Puderzucker durch die Landschaft.

> Meditiere über den Sturm und seine Eigenschaften. Ein Sturm des Lebens kommt oft unerwartet und sehr subtil, und seine Kraft der Verwandlung kann manchmal sehr wirksam sein.

MÄRZ: MOND DER REINHEIT

Er heißt auch MOND DER SAAT. Das allmählich erwachende Leben zeigt uns die schönsten Formen der Reinheit. So sollten wir uns auf ein Fülle bringendes neues Jahr mit Reinigung von Körper, Geist und Seele vorbereiten. Jetzt ist auch die Zeit, die ersten Samen in der Natur auszusäen und auch die Saat für neue Projekte und Pläne in Beruf und Alltag zu legen.

> Meditiere über das Wort REINHEIT. In welchen Bereichen fehlt dir diese Eigenschaft? Es gibt für dich viele Arten der Reinigung: Gebet, Mantra-Rezitation, Atem-Übungen, Fasten, Sauna usw.

APRIL: MOND DES HASEN

Bei den Römern und auch bei anderen Völkern galt der Hase als heiliges Tier, welches Fruchtbarkeit und Frühling verkörperte. Er ist das Tier der Göttin Ostara. Unser Osterhase ist ein putziges Überbleibsel eines alten, mystischen Kulttieres.

> Meditiere über den Hasen und seine Eigenschaften. Besorge dir aus Anlass des Festes Bücher über dieses Tier. Was kannst du von ihm lernen?

MAI: MOND DES PAARES

Dieser Esbat ist gut für Verlobungen, Hochzeiten, Liebesrituale und Vereinigung. An diesem Tag werden alle Göttinnen-Paare geehrt.

> Meditiere über die Zweisamkeit. Konzentriere dich auf eine Paarstatue oder eine weibliche und eine männliche Figur als Skulptur oder auf einem Foto und meditiere darüber.

Tipp: Überrasche deinen Partner an diesem Tag mit etwas ganz Besonderem. Lade ihn zum Essen und/oder zum Tanzen ein, sage ihm etwas Liebes, mache ihm ein Kompliment. Kurzum: Versuche, dich ihm einmal ganz besonders zu widmen (... aber das kannst du natürlich auch jeden Tag tun!).

JUNI: MOND DES MET

Die fleißigen Bienen haben Pollen und Nektar zusammengetragen. Nun sind die Bienenstöcke voll, und der Honig kann geerntet werden. Dieser kann dann in einem Gärungsprozess, ähnlich dem des Weines, zu Met verarbeitet werden. Die Heilwirkung des Met, überhaupt des Honigs, ist unbestritten. Du solltest jedoch immer naturreinen Honig verwenden, möglichst aus ökologisch kontrollierten Imkereien. Segne den Met!

> Meditiere über die faszinierende Arbeit der Bienen und des Imkers, über die Honigprodukte, die daraus gewonnen werden. Erkundige dich nach guten Bezugsquellen für Honig.

JULI: MOND DER KRÄUTER

Sammle die Kräuter dieser Jahreszeit, trockne und lagere sie genau an Vollmond und zwar dann, wenn die Sonne ihren höchsten Stand erreicht hat.

> Meditiere über die vielseitigen Anwendungsmöglichkeiten und wunderbaren (Heil-)Wirkungen von Kräutern. Nimm dir drei ganz bestimmte Kräuter, die dich persönlich ansprechen (z. B. Johanniskraut, Kamille, Salbei) und sinne über sie nach. Beschließe die Meditation mit einem Dankgebet.

AUGUST: MOND DES KORNS

Mit Lammas feiern wir am 1. August ein hexisches Erntedankfest. Optimal ist es natürlich, wenn das Korn-Esbat genau auf Lammas fällt, dann ist es ein richtig mondstarkes Fest.

> Meditiere über das Wunder des Korns, seine Kraft und seinen Nährwert. Wie viele Menschen werden Dank ihm versorgt und wie viele Menschen müssen es entbehren? Wie selbstverständlich ist für uns das tägliche Brot geworden ...
> Tipp: Es empfielt sich, an diesem Esbat bis zum abendlichen Festmahl zu fasten (ab 16).

SEPTEMBER: MOND DER ERNTE

Wenn an diesem Esbat das Licht des Vollmonds über die Felder strahlte, ernteten die Bauern oft noch bis spät in die Nacht. Fällt der Mond der Ernte mit Mabon zusammen, ist dies ein besonders kraftvoller, segensreicher Tag.

> Meditiere über den Segen einer Ernte, die Früchte der Nahrung oder deiner Arbeit. Sprich ein Erntedank-Gebet.

OKTOBER: MOND DES BLUTES

Warum Mond des Blutes? In diesem Monat wurden früher die Hof- und Herdentiere geschlachtet, weil man nicht damit rechnen konnte, sie alle über den Winter zu bringen. Nur einige starke (Zucht-)Tiere wurden übrig gelassen. Das Fleisch der geschlachteten Tiere lagerte man dann für den kommenden Winter ein.

> Meditiere über die Tiere, die für uns ihr Leben lassen und ihr Fleisch opfern müssen. Überlege: Ist es wirklich immer notwendig, Fleisch zu essen? Oder kannst du auch mal darauf verzichten? Wie wäre es mit einer fleischlosen Woche?

NOVEMBER: MOND DES SCHNEES

In diesem Monat fällt meistens zum ersten Mal der Schnee. Jetzt kommt die dunkle Zeit des Jahres und gibt dir Gelegenheit zu Einkehr und Stille.

> Meditiere über die Stimmung einer verschneiten Winterlandschaft. Der Schnee bedeckt alles Leben. Zeit des Stillstands, des Innehaltens.

DEZEMBER: MOND DER EICHEN

Die Eiche ist der heilige, den höchsten Göttern geweihte Baum der keltischen, germanischen und anderer Völker. Er gehörte zu ihrer Religion und den festen Ritualen. Abraham begegnete unter einem Eichenbaum dem Engel Jehovas. Die Druiden aßen vor dem Wahrsagen Eicheln und hielten in den Eichenhainen, ihren heiligen Stätten, Orakelbefragungen ab. Bei den Germanen war es Brauch, unter einer Eiche zu heiraten. Kinderlose Paare sollten sie umarmen, damit sie Thor mit Nachwuchs segne.

Meditiere über das Wunder der Bäume. Wo wächst ein Eichenbaum in deiner Nähe? Wenn möglich, besuche ihn und vollziehe das Baum-Ritual (DAS BUCH DER MAGISCHEN RITUALE, S. 103).

Märcheneiche Lohrhaupte

*Ich bin hineingekrochen
in diese alte, ausgehöhlte Eiche,
habe mich hingegeben
an dieses braune, zerklüftete Innenleben
und fühlte mich einbezogen
in die Jahrhunderte ihres Lebens und Sterbens.*

*Ein Schauer erfasste mich,
als ich den holzgewordenen Atem der Eiche
berührte.*

*In dem engen Raum voller Wunder der Formen
habe ich mich gedreht und gedreht,
fühlte mich emporgehoben
bis in den Eichenhimmel,
in den sie mit ihren sterbenden Ästen
fingert.*

Mich hat eine Eiche umarmt.

Eleonora Heine-Jundi
©1987 by edition SOL Yan d'Albert

13. VOLLMOND: BLAUER MOND

Im Englischen gibt es den Begriff „Once in a blue moon", was soviel heißt wie „sehr selten", und das bezieht sich eben auf diesen selten auftretenden blauen Mond. Von ihm sagt man, dass er unter allen Esbaten die **größte magische Kraft** besitze.

Für alle Esbate:

GOTTHEITEN

Gott und Göttin (Wicca-Kult), Mondgottheiten wie *Luna*, *Diana*, *Aradia*, *Isis*, *Hathor*, *Astarte*, *Ischtar*, *Selene*, *Artemis*, *Hekate*.

ASSOZIATION

Mond, die heilige Hexenzahl 13.

DEKO FÜR ALTAR UND TEMPEL

Kerzen: Silber, gelb, weiß.

Pflanzen: Rose, Esche, Birke, Veilchen, Immergrün, Maiglöckchen, Mistel, Myrte, Rosmarin.

Sonstiges: Symbole des Mondes, des Gottes und der Göttin, Silber.

KOSTÜME

Mond (silber, blau), Mond-Gottheit.

BRÄUCHE UND RITUALE

Kerzenmagie (siehe S. 49), Wunschzauber, je nach Esbat.

RÄUCHERWERK

Kampfer, Weihrauch, Sandelholz, Wacholder.

SPEISEN

Kleine Gerichte, Snacks, Sandwiches, Burger, Hexensuppe.

GETRÄNKE

Lade die Getränke mit **Vollmondenergie** auf. Lasse sie in der Nacht zum entsprechenden Esbat am Fenster, auf den Vollmond ausgerichtet oder wenn möglich im Vollmondlicht stehen. Und so einfach stellst du **Mondstein-Wasser** her: Nimm dafür einen zuvor gereinigten Mondstein. Lege ihn in einen gereinigten Glasbehälter mit Wasser und lasse das Ganze über Nacht stehen. Bevor du den Stein am nächsten Tag aus dem Wasser nimmst, sprich einen Zauberspruch darüber.

Weiberlust

1 runde Auflauf-Form (mit Olivenöl ausfetten)
8 Artischockenherzen (vorgegart oder schon eingelegt)
2 Pakete Tiefkühl-Blätterteig
4 große Tomaten
6-8 Peperoni, mittelscharf
750 g Schafskäse
1 Bund Petersilie
2 Eier

Den TK-Blätterteig 30 Min. vor der Verarbeitung auftauen lassen (Dazu die Platten nebeneinander auf ein Blech legen, sonst kleben diese zusammen). 2/3 der Blätterteigplatten ausrollen (sie sollten einen 4 cm hohen Rand bilden) und in die Form legen. Petersilie klein hacken, den Schafskäse dazubröseln und zusammen mit den 2 Eiern vermischen. Artischockenherzen in die Auflauf-Form setzen und das Ganze mit dem Käsegemisch auffüllen. Die restlichen Blätterteig-Platten in 3-4 cm große Stücke rupfen und auf dem Käse-Artischocken-Arrangement verteilen. Mit Tomatenscheiben und Peperoni garnieren.

Bei 200 C° ca. 20 – 30 Min. überbacken.

Dazu passt sehr gut ein Ruccola-Tomatensalat.
N*a denn, viel Weiberlust!* (*Anm. des Autors Y. d'*A.)

Aus der „Magischen Rezeptesammlung" von Gabriela d'Albert

EDELSTEINE

Mondstein, Perle, Jade, Rosenquarz, Bergkristall, Aventurin.

MUSIK

„Mystera", **„Terra Mystica"**, **„Magic Love"**, Thea.

RUNEN: je nach Esbat (siehe Tabelle S. 38).

TÄNZE

Runentänze je nach Esbat und entsprechend den zugeordneten Runen (siehe Tabelle S. 38), Hexen-Spiral-Tanz (siehe S. 28).

MEDITATION

MOND-ATEM-MEDITATIONEN

Von dem großen Sufi-Mystiker und Magier Hazrat Inayat Khan (1882-1927) gibt es eine Sammlung wunderschöner Aphorismen, die „Natur-Meditationen". Die folgenden Meditationen, die du in vier Phasen vollziehen kannst, sind mit einer bestimmten Atemtechnik verbunden:

Nimm Verbindung mit der Energie des Mondes auf. Sprich den jeweiligen Zweizeiler mehrmals, bis du ihn auswendig kannst. Schließe deine Augen. Dann werde leiser und leiser und sprich den Satz nur in Gedanken und atme bei der ersten Zeile ein, bei der zweiten aus.

MONDLICHT

Let my heart reflect Thy light   (einatmen)
as the moon reflects the sun.   *(ausatmen)*

Lass mein Herz Dein Licht spiegeln   (einatmen)
wie der Mond die Sonne spiegelt.   *(ausatmen)*

ZUNEHMENDER MOND

Let my soul advance towards Thee,   (einatmen)
as the rising moon progresses towards fullness.   *(ausatmen)*

Lass meine Seele Dir nahe kommen   (einatmen)
wie der wachsende Mond der Fülle.   *(ausatmen)*

VOLLMOND

Fill my heart with Thy light   (einatmen)
so fully as the full moon.   *(ausatmen)*

Fülle mein Herz mit Deinem Licht,   (einatmen)
so vollkommen wie der volle Mond.   *(ausatmen)*

ABNEHMENDER MOND

Let Thy Light be my torch   (einatmen)
Through the darkness of mind.   *(ausatmen)*

Lass Dein Licht meine Fackel sein   (einatmen)
durch die Dunkelheit des Gemüts.   *(ausatmen)*

Worte: Hazrat Inayat Khan, deutsche Übersetzung: Yan d'Albert

ANDERE FESTE

Fest der Mondgöttin
31. März

Der Mond spielt in den Bräuchen der Hexen und Magier eine große Rolle. Luna (lat. = Mond) ist die römische Göttin des Mondes. In anderen Kulturen der Welt gibt es folgende Mondgöttinnen:

Ägypter: Isis und Hathor
Phönizier: Astarte
Babylonier: Ischtar
Griechen: Selene, Artemis und Hekate
Römer: Luna und Diana

MUSIK

Titel „**Luna**" aus dem Album TERRA MYSTICA (Lynx).

Fest der Göttin Fortuna
24. Juni

Fortuna ist die römische Schicksals- und Glücksgöttin, auch Göttin des Zufalls genannt (in der griechischen Mythologie entspricht ihr die Göttin Tyche). Manchen verhilft sie zu Glück und Reichtum, anderen bringt sie Armut und Elend. Da sie sehr launisch ist, muss man sie stets gnädig stimmen und ihr Opfer bringen.

RITUAL

Hexen und Magier, die Fortuna verehren, zünden an diesem Tag eine grüne oder orangefarbene Kerze an. Sie senden der Schicksalsgöttin Gebete und erbitten Hilfe und Glück von ihr.

Konzentriere dich an diesem Tag auf das Wesentliche in deinem Leben. Wenn du dir nicht so ganz im Klaren darüber bist, halte auf einem Zettel einige Dinge fest, die für dich eine wichtige Bedeutung in deinem Leben haben. Dann sinne darüber nach.

Fest der Hekate

(von 16. auf 17. November, auch 16. Februar)

Hekate ist die griechische „Große Göttin" der Hexen und der Magie, der Wegkreuzungen und der Verwandlung. Ihr Name heißt so viel wie „Einfluss aus der Ferne". Als Mondgöttin beeinflusst sie wie der Mond aus der Ferne Menschen und Erde. Mit ihren drei Köpfen (Pferd, Löwe und Hund) ist sie überdies allwissend und allsehend. Die Unterwelt war ihr Reich, weshalb sie als Bindeglied zwischen ihrer und unserer Welt gilt. In Griechenland finden ihr zu Ehren teilweise noch heute Fackelprozessionen statt. Hekate wird oft als reines Frauenfest gefeiert.

Fest der Demeter

(28. Februar, 17. September, 28. September, 11. Oktober, 7. Dezember ... du hast die Qual der Wahl ...)

Ihr Name setzt sich aus gr. „de" = Delta, Dreieck und „meter" = Mutter zusammen. Demeter ist die griechische Göttin des Getreides, der Landwirtschaft und des Wachstums. Der „Mutter Erde" zu Ehren wurden bei den alten Griechen Festspiele abgehalten. Dabei stellten sie die verschiedenen Arbeiten in der Landwirtschaft dar: das Pflügen, das Säen, das Ernten usw.

Tipp: Mache den ERDE-WUNSCH aus dem ELEMENTE-WUNSCH-RITUAL in DAS BUCH DER MAGISCHEN RITUALE (S. 115).

Om Mata

Music & words: Yan d'Albert

Om, Ma - ta, om Ma - ta, Om Ma - ta

GA - IA. Ma - ta dscha - ga - dam - ba.

Om Mata ARADIA
Om Mata HEKATE
Om Mata KORE
Om Mata DIANA
Om, Mata ISIS
Om, Mata APHRODITE
Om, Mata KALI
Om, Mata SARASWATI
Om Mata MARIA

u.s.w. (setze noch andere Namen ein)

Übersetzung: Om, Mutter, om Mutter, om Mutter Gaia (Aradia usw.),
die du der Welt eine Mutter bist.

St. Martins-Fest

11. November

Dies ist der Gedenktag des Hl. Martin von Tours (316-397), der als Soldat
der römischen Armee einst seinen Mantel mit einem frierenden Bettler
teilte. Daran erinnern alljährlich die Martinsumzüge und -spiele, die in
den katholischen Ländern zur festen Tradition gehören. Martin wurde
später Bischof von Tours und stiftete ein Kloster in Marmoutier.

BRÄUCHE

Martinsumzüge mit Fackeln und Laternen, Martinsfeuer, Martinsgans-
Essen.

LIEDER

„Durch die Straßen auf und nieder", „Ich geh mit meiner Laterne"
u. a. Martinslieder.

Nikolaus

6. Dezember

Nikolaus war um das 4. Jhd. Bischof von Myra (heutige Stadt an der türkischen Mittelmeerküste). Er ist der Schutzpatron der Kinder, Kaufleute, Seemannsleute, Bäcker u. a. Der Brauch, Nikolaus zu feiern, geht zum einen auf ein Bischofsfest für Kinder im Mittelalter, zum anderen auf vorchristliche Riten mit der Darstellung eines dämonischen Wesens der dunklen Jahreszeit zurück (Gehörnter, Krampus, Bartl, Berchtl o. ä.).

LIEDER

„**Guten Tag, ich bin der Nikolaus**", *Rolf Zuckowski*
„**Lasst uns froh und munter sein**" u. a. Nikolauslieder.

Karneval

11. November – Aschermittwoch

In Österreich und Bayern wird er Fasching genannt. Die Ursprünge gehen zurück auf Frühlingsbräuche aus vorchristlicher Zeit.

Die 12 Raunächte

vom 25.12. bis 5.01.

Die 12 Raunächte liegen zwischen der Wintersonnenwende und dem Dreikönigstag und symbolisieren das gesamte Jahr. Sie werden auch Weihenächte oder Mutternächte genannt (modraneth). Nach altgermanischem Glauben ritt Odin mit einem Heer verstorbener Geister durch die Lüfte. Auch die alte Muttergottheit *Percht* oder Frau *Berchta* streift in dieser Zeit mit einer Schar von Totenseelen durch die Lande. Die Tradition der Raunächte ist heute noch vor allem im Alpenraum verbreitet. Aus diesem Anlass werden Haus und Hof zum Schutze vor bösen Geistern ausgeräuchert. Das Perchtenlaufen ist ein alter, alpenländischer Brauch des Maskentreibens.

Wenn ihr wollt, Zeit und Ausdauer habt, könnt ihr jede einzelne Raunacht feiern. Diese Nächte geben uns Gelegenheit, uns auf das Jahr einzustimmen. Jede Nacht wird von einem der 12 Tierkreiszeichen (von Widder bis Fisch) beherrscht und ist einem Planeten zugeordnet:

Raunacht:	Tierkreiszeichen:	Planet:
1. Nacht – 25.12.	Widder	Mars
2. Nacht – 26.12.	Stier	Venus
3. Nacht – 27.12.	Zwilling	Merkur
4. Nacht – 28.12.	Krebs	Mond
5. Nacht – 29.12.	Löwe	Sonne
6. Nacht – 30.12.	Jungfrau	Merkur
7. Nacht – 31.12.	Waage	Venus
8. Nacht – 01.01.	Skorpion	Pluto
9. Nacht – 02.01.	Schütze	Jupiter
10. Nacht – 03.01.	Steinbock	Saturn
11. Nacht – 04.01.	Wassermann	Uranus
12. Nacht – 05.01.	Fische	Neptun

BRAUCH

Früher hängten die Menschen in der Zeit der Raunächte keine weiße Wäsche vor ihren Häusern auf, weil dies als Beleidigung gegenüber den Totengeistern galt.

In den nordischen Ländern ist es Sitte, am Ende der Raunächte die Obstbäume mit Apfelwein zu begießen. Dies soll eine gute Ernte bewirken.

Silvester/Neujahr

31. Dezember/1. Januar

Hinter dem Brauch, Böller und Raketen abzuschießen, verbirgt sich der Brauch des Dämonenaustreibens. Dieser letzte Tag unseres Kalenders ist nach Papst Silvester I. benannt. Er starb am 31. Dezember in Rom.

Warum wünschen wir uns eigentlich einen „guten Rutsch"? Wohin sollen wir denn rutschen? Das Wort „Rutsch" lässt sich auf „Rosch" zurückführen, was im Rotwelschen (= eine Sondersprache mit jiddischen und romanischen Einflüssen) so viel wie „Anfang" bedeutet.

BRÄUCHE

Wachs- und Bleigießen, Los-Orakel, Verschenken von Glücksbringern, Feuerwerk.

Ein Ratschlag: Jährlich werden an Silvester über **100 Millionen Euro** verpulvert. Die Versicherungsbranche meldet jährlich Schäden in Höhe von über **200 Millionen Euro!** Frag dich mal ganz ehrlich, ob du dieses Jahr für die Knallerei so 'ne Menge Geld ausgeben musst, ob du's nicht lieber ins Sparschwein steckst (oder einen Teil) und nicht einfach mal zuguckst, wie die anderen ballern und dich am Feuerwerk erfreust.

SPEISEN

Knabberzeug, Raclette, Käse- oder Fleisch-Fondue.

GETRÄNKE

Sekt (es gibt auch alkoholfreien!), Bowle mit Früchten.

Es mag jetzt vielleicht asketisch klingen: Wenn ich so zurückblicke, waren für mich die schönsten Silvester diejenigen, die ich nüchtern, klar und mit gutem Gewissen erlebte, und mit diesem Gefühl ins neue Jahr „rutschte". Probier's mal aus ...

Heilige Drei Könige

6. Januar

Das Dreikönigsfest hat seine Wurzeln im alten Fest der drei Himmels-
könige. Im Christentum erinnert es an den Besuch des neugeborenen
Jesus durch die drei legendären Magier (eigentlich sollen es vier gewesen sein). Die Anfangsbuchstaben (Caspar, Melchior, Balthasar) werden
bei den Christen heute noch als heilbringende Zeichen traditionell an
die Haustüren geschrieben. Dies hat seine Wurzeln bei den germanischen und keltischen Völkern, dort verwendete man Runen wie ODALA,
DAGAZ, INGWAZ. Die Kinder ziehen als Heilige Drei Könige verkleidet
von Haus zu Haus, singen Lieder, tragen Gedichte vor und malen besag-
te Zeichen zusammen mit der Jahreszahl oben an die Eingangstür
(20+C+M+B+03).

Geburtstag

Eine Geburt ist für die Mutter wie für das neugeborene Kind ein außer-
gewöhnliches Erlebnis. Für die Mutter ist der gesamte „heilige Prozess"
des Gebärens, auch wenn er – oder vielleicht gerade weil er – mit großen Schmerzen und tiefen Erfahrungen verbunden ist, eine große Einwei-
hung. Geburtstag feiern heißt: sich an seine Geburt, den Tag und seinen
Geburtsort erinnern.

Namenstag

Der Namenstag ist mehr und mehr „aus der Mode gekommen". Als ich
noch ein kleiner Junge war, wurde mein Namenstag (Johannistag am 24.
Juni) immer gefeiert. Meine Mutter war eine strenggläubige Katholikin
und bestand auf der Würdigung des Namenstages. Sie pflegte zu sagen:
„Der Namenstag ist genauso wichtig wie der Geburtstag." Und zum Namenstag gab es auch immer Geschenke. Das war für uns Kinder natürlich
das Schönste.

GESCHENKIDEE

Originelle Visitenkarten mit Namen und Adresse des Namenstagskindes
(Fax-Nummer, e-mail oder www-Adresse nicht vergessen!)

Valentinstag
14. Februar

Nein, es handelt sich nicht um eine Erfindung pfiffiger Blumenhändler! Der Brauch, den Valentinstag zu feiern, ist in Deutschland noch relativ jung. Ursprünglich war der Valentinstag ein römischer Feiertag mit ziemlich zügellosem Treiben. Junge Männer zogen Lose mit Namen von Mädchen und vergnügten sich dann mit ihnen. Weil das der Kirche damals nicht in den Kram passte, setzte sie den Tag des Heiligen *Valentin* ein, des Schutzpatrons der Liebenden(!). Es gibt eine Legende über den Priester *Valentin*, der im 3. Jahrhundert n. Chr. in Rom lebte. Trotz eines Verbotes durch den Kaiser *Claudius* nahm er damals immer wieder christliche Trauungen vor und musste schließlich am 14. Februar 268 den Märtyrertod sterben. In England und Frankreich ist der Brauch der Valentin-Feier schon seit dem 14. Jahrhundert Sitte. Seitdem glaubten die Mädchen, dass der Mann, der als erster an diesem Tag vor ihrem Haus auftaucht, ihr zukünftiger Ehemann sein würde. Am Valentinstag haben die Blumengeschäfte Hochkonjunktur. Ich glaube, ich hab es noch nie geschafft, an diesem Tag Blumen zu kaufen. Meistens waren die Läden so voll, dass ich gleich wieder rückwärts rausgegangen bin. Na ja, dieser ganze Valentinstag-Rummel kann einem auch auf die Nerven gehen. Vielleicht muss es ja nicht unbedingt ein Riesen-Blumenstrauß oder eine Mega-Pralinenschachtel sein. Manchmal tut es auch ein einziges, bescheidenes, aber ganz von Herzen kommendes Blümchen.

RITUALE

Mache heute zusammen mit deinem Partner das **Achtsamkeitsritual** oder das **I-Ging-Orakel der Liebe** aus meinem BUCH DER MAGISCHEN RITUALE.

GESCHENKIDEEN

Rote und rosa Blumen, allen voran Rosen und Tulpen. Selbst gebackenes mit viel Herz.

Tag der Erde

22. April

Dieser Tag wurde eingerichtet, um das Bewusstsein mehr auf unseren Planeten Erde mit seinen vielen Wundern der Natur zu lenken. Daher feiern Hexen und Magier den Tag der Erde in aller Welt und vollführen entsprechende Heilungsrituale für Mutter Erde.

TANZ

Der TOWAKATSCHI-TANZ (siehe Seite 33 ff.) ist für diesen Tag ganz besonders geeignet.

MEDITATION

Meditiere über die Wunder der Entstehung und die Existenz und Schönheit dieser Erde.

The Earth is our mother

Native American Traditional

The Earth is our mo - ther,
we must take care of her. It's sa - cred ground we
walk u - pon with ev' - ry step we take.
U - nite our peo - ple,
be one, u - nite our
peo - ple, be one!

Die wichtigsten Feste der Weltreligionen

Dieses Buch wäre unvollständig, wenn es den Festen der großen Weltreligionen keine Beachtung schenken würde. Allerdings gibt es eine fast
unüberschaubare Anzahl von Festen in den jeweiligen Religionen. Hier
seien die wichtigsten genannt.

JUDENTUM
(ca. 14 Mio. Gläubige weltweit)

Ein Jude ist, nach rabbinischer Definition, wer von einer jüdischen Mutter abstammt oder zum Judentum übergetreten ist. Die jüdischen Feste
richten sich überwiegend nach den Kreisläufen der Natur. Sie werden in
den Synagogen ebenso wie zu Hause gefeiert. Da gibt es z. B. das Neu-
mondfest **Rosch Chodesch**, das schon seit biblischen Zeiten abgehalten
wird. Heute ist es überwiegend ein Frauenfest der Erneuerung, des
Gebets und der religiösen Erziehung. Rosch Chodesch-Gruppen existieren weltweit. Die im Judentum bedeutensten Feste sind die **Pilgerfeste**. Sie erinnern an das Reisen zum Tempel in Jerusalem.

*„Du sollst an deinem Fest fröhlich sein
und nicht mit leeren Händen hingehen,
sondern jeder mit seiner Gabe."*
(5. Mose 16, 14-16)

Diese **Pilgerfeste** sind Feste der Freude und des wohltätigen Gebens. Sie werden mit Fleisch und Wein gefeiert. Vor allem die Frauen können sich freuen, denn sie erhalten als Geschenke neue Kleider.

Jom Kippur, der Versöhnungstag, ist der höchste Feiertag der Juden. Er wird am 10. des 7. Monats (Sept./Okt., nach dem römischen Kalender) gefeiert. An diesem Tag entsühnt der Hohepriester das Heiligtum, das Volk und sich selbst.

Pessach ist ein Frühlingsfest, das etwa um Ostern stattfindet. Es erinnert an den Auszug (Exodus) der Israeliten aus Ägypten und somit an das Ende der Sklaverei.

Schawuot wird etwa um Pfingsten gefeiert. An diesem Tag gab Gott dem Propheten Mose auf dem Berg Sinai die Zehn Gebote und schloss den Bund mit Israel.

Sukkot ist das Laubhüttenfest im Herbst. Es erinnert daran, wie Jehova die Israeliten in Hütten (Sukkot) wohnen ließ und sein Volk beschützte.

Rosch Huschanah heißt das jüdische Neujahrsfest. Die Juden gedenken des Tages des Jahres 3761 vor unserer Zeitrechnung, als Gott Jehova die Welt erschuf.
Bräuche: Blasen des Widderhorns („Schofar"), Gottesdienst, Austeilen von in Honig getauchten Apfelscheiben; dies symbolisiert die Hoffnung auf ein „süßes" neues Jahr.

CHRISTENTUM
(fast 2 Mrd. Gläubige weltweit)

Auf der Grundlage der jüdischen Religion (Altes Testament) und der Heilslehre Jesu Christi (Neues Testament) hat sich das Christentum um ca. 30 n. Chr. zu einer Weltreligion entwickelt. Die Bibel ist die Heilige Schrift der Christen und Jesus von Nazareth der Heilsbringer und Messias, der durch seine Menschwerdung und den Tod am Kreuz die Menschen von ihren Sünden erlöst hat. Ab dem 16. Jahrhundert kam es durch die Reformation zur Abspaltung von der Römisch-katholischen Kirche. Heute existieren zahlreiche christliche Konfessionen wie die evangelischen Kirchen und Freikirchen, die orthodoxe und die neuapostolische Kirche, die Mormonen, die Zeugen Jehovas u. a.

Ostern ist das älteste christliche und höchste Fest des Kirchenjahres. Es ging aus dem jüdischen Pessach-Fest hervor und wird als Auferstehungsfest Christi begangen.
Bräuche: Ostereier suchen, Weihe und Schöpfen des Osterwassers (soll Gesundheit bringen), Entzünden des Osterfeuers (Schutz des Hauses und der Felder), Passions- bzw. Osterspiele (Darstellung der Leidens- und Auferstehungsgeschichte Jesu).

Pfingsten wird 50 Tage nach Ostern gefeiert und ist das Fest der (Aus-) Sendung des Heiligen Geistes.
Bräuche: Pfingstmaien (Maibaum setzen), Pfingstreiten.

Advent (lat. = „Ankunft") ist die Zeit der Vorbereitung auf das Fest der Geburt Christi und beginnt am 4. Sonntag vor Weihnachten, Ende November oder Anfang Dezember. Es ist gleichzeitig der Beginn des Kirchenjahres.
Brauch: Adventskranz.

Weihnachten ist das Fest der Geburt Jesu und findet am 24. (Heiliger Abend), 25. und 26. Dezember statt (siehe auch Jul, S. 84)
Bräuche: Christbaum, Bescherung, Weihnachts- und Krippenspiele.

Diese und weitere bedeutende Festtage der Christen sind auch an anderer Stelle in diesem Buch erwähnt (siehe auch unter DIE ACHT GROSSEN JAHRESFESTE, IMMER WÄHRENDER FESTKALENDER). Es gibt vor allem in der katholischen Tradition sehr viele Festtage. Alleine die der Heiligen würden mindestens ein eigenes Buch füllen.

Halleluja

Music & words:
from England (19th century)

Hal - le - lu - ja, hal - le - lu, hal - le - lu - ja,

hal - le - lu - ja, hal - le - lu - ja! Hal - le - lu - ja, hal - le -

lu, hal - le - lu - ja, hal - le - lu - ja, hal - le - lu - ja!

Hal - le - lu - ja, hal - le - lu - ja!

Hal - le - lu - ja, hal - le - lu - ja, hal - le - lu - ja!

Immer noch relativ wenig ist in unseren Breiten über die Kultur des **Islam** und seiner Feiertage bekannt. Viele Menschen haben Berührungsängste mit dem **Islam**. Ausgelöst durch Terroranschläge mit grauenvollsten Folgen vor und nach der Jahrtausendwende, wurde dem Ansehen des Islam großer Schaden zugefügt. Im Wort **Islam** steckt **salam**, das arabische Wort für Frieden(!). Islam bedeutet „Ergebung in den Willen Gottes" und ist demnach eine Religion des Friedens. Wer einmal eine Moschee-Führung miterlebt hat oder von einer (wirklich praktizierenden) muslimischen Familie eingeladen wurde, der weiß deren aufrichtige Freundlichkeit, Offenheit und Gastfreundschaft zu schätzen.

Auch im Islam, besonders bei den mystischen Gruppierungen der **Sufis** (Magier des Orients und Okzidents), gibt es viele spirituelle und magische Techniken. Dazu gehören das Besprechen von Wasser, das Tragen von Amuletten, ausgeprägte Mantra-Techniken (Zikr, Fikr). Ein arabisches Mantra nennt man **Wazifa**, z. B. jenes bereits erwähnte Wort **Salam** = Friede oder **Salam aleikum** = Der Friede sei mit dir. Letzteres ist ebenso der muslimische Gruß. Grundlage für die islamischen Feiertage ist das Mondjahr. Das bedeutet, dass sie jedes Jahr durch Beobachtung des Mondes neu festgelegt werden.

Jum'a (sprich: Dschumma) ist der wichtigste Wochentag und Feiertag der Muslime, obwohl auch an diesem Tag gearbeitet wird. Jeden Freitagabend versammelt sich die Gemeinde zu Gebet, Predigt und anschließendem Essen. Dieser Freitag ist jedoch kein Ruhetag im Sinne des christlichen Sonntags oder des jüdischen Sabbats.

Die beiden wichtigsten Feste im Islam, welche mehrere Tage gefeiert werden, sind **Id ul-Adha**, das Opferfest, und **Id ul-Fitr**, das Fest des Fastenbrechens.

Id ul-Adha erinnert daran, dass Abraham seinen Sohn Ismail opfern sollte. Zu diesem Fest wird ein Opfertier geschlachtet, meist ein Schaf.

Id ul-Fitr ist das Abschlussfest des Fastenmonats Ramadan. Im Islam gibt es drei aufeinander folgende heilige Monate, die so etwas wie Festcharakter besitzen. Das sind der RADSCHAB, der SCHA'BAN und der RAMADAN.

Ramadan
Wenn nach dem Neumond des vergangenen Monats Scha'ban die Mondsichel gesichtet wird, wird der Ramadan ausgerufen. Es heißt, dass in diesem Monat alle heiligen Schriften der Propheten (Abraham, David, Jesus u. a.) herabgesandt wurden. Im **Ramadan** fasten die Muslime nach einem Morgenmahl von Sonnenaufgang bis Sonnenuntergang. Aber nicht nur der Nahrung und der Flüssigkeit soll sich der Gläubige in dieser Zeit enthalten, auch der Sexualität, schlechten Gedanken und Gewohnheiten. Wenn die Sonne untergegangen ist, beginnt das Fastenbrechen, ein feierlicher, segensreicher Zeitpunkt. Man nimmt dann in traditioneller Weise eine Dattel zu sich (oder in unseren Breiten auch ein Stück Apfel, Nüsse oder etwas anderes). Darauf folgen Gebet und Abendessen (sich dann bis tief in die Nacht die Wampe voll zu hauen, verfehlt natürlich völlig Sinn und Zweck des Ramadan).

Im Islam werden fünf heilige Nächte gefeiert. Eine dieser Nächte ist **Lailat-ul-qadr**, die heilige Nacht der Macht oder Bestimmung. In jener siebenundzwanzigsten Nacht des Ramadan fand die Offenbarung des Heiligen Koran statt. Diese Nacht wird daher ganz besonders gefeiert.

Weitere Feste: Muharram (In Erinnerung an die Auswanderung des Propheten Muhammad von Mekka nach Medina), **Maulid an-Nabi** (Geburtstag des Propheten) und **Lailat al-Miradsch** (Nacht der Himmelfahrt Muhammads).

HINDUISMUS
(über 800 Millionen Gläubige)

Der Hinduismus, von (pers.) „hind" = Indien, ist eine überwiegend im indischen und indonesischen Raum verbreitete Religion. Die Götter-Dreiheit **Trimurti** wird verkörpert durch Brahma, den absoluten Schöpfergott (wird übrigens auch mit „Zauber" übersetzt), Wischnu, den Erhalter, und Schiwa, den Zerstörer. Kern der Lehre ist der Glaube an das Karma (= Konzept von Ursache und Wirkung) und die Inkarnationen (= Fleischwerdung, Verkörperung bzw. Wiedergeburt des Menschen). Es gibt unüberschaubar viele Feste in der hinduistischen Religion. Davon seien die wichtigsten genannt:

Die **Puja** (sprich: „putscha") ist der einfachste und am häufigsten verbreitete Ritus des Feierns bzw. Gottesdienstes. Sie wird sowohl im Haus am Altar (mit Räucherung, Götterbildern, Öllampe, Opfergaben) als auch in den Tempeln oder im Freien mit größeren Feuerstätten zelebriert. Unabhängig von einem genauen Termin kann sie praktisch jeden Tag abgehalten werden.

Diwali (=leuchten) ist sicherlich das am meisten verbreitete Hindufest und steht für Neubeginn. Aus diesem Anlass erbitten die Hindus von Lakschmi, der Göttin des Wohlergehens, Gutes für ihr Leben.

Thaipusam, ist nicht weniger wichtig und wird Ende Januar/Anfang Februar in allen Tempeln gefeiert. Dabei verehren die Anhänger den Gott Subramaniam, den jüngsten Sohn Schiwas.

Raksha Bandhan ist ein Vollmondfest im Monat Sravana (Juli/August), bei dem die hinduistischen Schwestern ihren Brüdern zum Zeichen des Schutzes Bänder aus Baumwolle und Seide schenken und ihnen einen Punkt aus rotem Puder an der Stirn anbringen für Glück und Erfolg.

Weitere Feste: Holi von Phagwa (Wischnu Dankes-Fest), **Makar Sankranti/Lohri** (Wintersonnenwend- und Friedensfest), **Vasanta Panchami** (Frühlings- und Saraswati-Fest).

BUDDHISMUS
(über 360 Millionen Gläubige weltweit)

Aus dem Buddhismus, der von *Buddha Siddharta Gautama* gestifteten Religion, gingen zwei Hauptschulen hervor: Der (südliche) **Theravada-** oder **Hinayana-**Buddhismus und der (nördliche) **Mahayana-**Buddhismus. *Buddha* (sanskrit = „der Erleuchtete"), als Sohn eines Fürsten im heutigen Nepal geboren, lebte zwischen 560 und 480 vor Christus.
Die Buddhisten betonen die Einheit allen Lebens, den Respekt und die Achtsamkeit vor jedem Lebewesen.

Auch im Buddhismus gibt es viele Feste. Die wichtigsten sind:

Wesak-Fest/Visakha Bucha ist das heiligste buddhistische Fest und wird ebenfalls an Vollmond abgehalten. Die Buddhisten gedenken mit Lichterprozessionen der Geburt, Erleuchtung und des endgültigen Eintretens *Buddhas* ins Nirwana.

Makha Bucha findet an Vollmond im Februar/März statt. Dieses Fest erinnert an *Buddhas* Predigt vor 1250 Zuhörern und wird mit Lichterprozessionen und vielen Blumen gefeiert.

Asanha Bucha, ein Fest im Juli, erinnert an die erste Predigt *Buddhas* in der Öffentlichkeit. Am Tag nach Asanha Bucha beginnt **Khao Phansa**, die drei Monate dauernde Fastenzeit.

Thot Kathin, das Fest nach dem Ende der Fastenzeit, **Ok Phansa**, lässt die Menschen aus allen Landesteilen in ihren Heimat-Tempeln zusammenkommen. Sie bringen den Mönchen neue Roben und Opfergaben.

Loy Krathong ist ein Lichterfest im November, am Ende der Regenzeit. Überall auf den Flüssen und Seen schwimmen kleine Boote aus Bananenblättern gefertigt, mit brennenden Kerzen, Räucherstäbchen und Blumen darauf. Dies sind Opfergaben an *Mae Khingkhe*, die Göttin des Wassers.

ZOROASTRISMUS

(ca. 20 000 Gläubige weltweit, überwiegend im Iran und in Indien ange-
siedelt)

Der **ZOROASTRISMUS** ist die Religion des *Zoroaster* oder *Zarathustra*.
Die Parsen, die Anhäger dieses Kults, legen großen Wert auf körperliche
und geistige Reinheit, Opfer, Gebet, Naturverehrung und Gleichberech-
tigung der Frauen. Das heilige Buch der Parsen heißt Awesta.
Wichtige Festtage: Jashedi Noruz (Neujahrsfest im Frühling), **Khordad
Sal** (Geburtstag Zarathustras).

SIKKHISMUS

(ca. 24 Millionen Anhänger weltweit)

Der **SIKKHISMUS** ist eine im 16. Jahrhundert entstandene Reformbe-
wegung und verbindet hinduistische und muslimische Glaubensvorstel-
lungen und Lehren miteinander. Guru N*anak* ist ihr Begründer, die heilige Schrift heißt Guru Grant.
Wichtige Festtage: Diwali (das mehrtägige Hindu-Neujahrsfest), Geburtstag von Guru N*anak*.

BAHAI RELIGION
(ca. 6 Millionen Anhänger weltweit)

Die **BAHAI**-Religion entwickelte sich im 19. Jahrhundert aus dem schiitischen Islam und ist nach ihrem Stifter B*aha* U*llah* benannt. Sie versteht sich als Erfüllung aller vorangegangenen Weltreligionen.

Wichtige Feste: Naw-Rúz (Neujahrstag und Ende des 19-tägigen Fastens), **Ridvan** (12-Tage-Fest zu Ehren des Propheten B*aha* U*llah*).

Man könnte sicherlich noch viele andere Feste aufzählen. Aber das würde den Rahmen dieses Buches sprengen. Mit den behandelten Festen sind wir genügend informiert und eingespannt. Sicherlich ist für jeden etwas dabei. Die aufgeführten Feste musst du natürlich nicht alle feiern. Es soll daraus ja auch kein Feier-Dauerstress werden. Du solltest nur die Feste begehen, die dir etwas bedeuten.

Ausgewählte Lieder:

Für das Christentum: „Halleluja", „Kum ba ya, my Lord", „Amazing Grace".

Für das Judentum: „Hine ma tow", „Hevenu shalom", „Un as der Rebbe tanzt" u. a.

Für den Islam bzw. das Sufitum: „Seni ben severim" (der türkische Gassenhauer von Yunus Emre!), „Thy Light is in all forms", „Persian Spring Song".

Für den Hinduismus und Buddhismus: „Hare Krischna", „Deva kinanda Gopala", „Namo Amithaba Buddha" u. a.

IMMER WÄHRENDER MAGISCHER FESTKALENDER

Bedeutende Festtage der Gottheiten und Geburtstage bekannter magischer Persönlichkeiten

(Die Festtage der Gottheiten können in anderen Kalendern von den hier genannten abweichen und werden teilweise auch an anderen Tagen des Jahres gefeiert.)

JANUAR
(Wintermonat/Hartung)

Namensherkunft: Der Januar geht auf Janus zurück, den doppelköpfigen römischen Gott der Türen und Tore, Ein- und Ausgänge und der Überfahrt. Er schaut mit dem einen Gesicht in die Vergangenheit, mit dem anderen in die Gegenwart. Die altdeutsche Bezeichnung für Januar lautet „HARTUNG". Mit ihm zieht die „harte" Kälte ins Land.

Runenzeichen: DAGAZ (1. Monatshälfte, Vollmond), **INGWAZ** (2. Monatshälfte, Schwarzmond).

Tierkreiszeichen: Steinbock/Wassermann.

01. *Janus* (siehe oben). Geeigneter Tag für Abwehrzauber und Rituale zum Schutze des Hauses.

   Nanshe, babylonische Wassergöttin. Sie bewertet an diesem Tag die Taten der Menschen vom vergangenen Jahr. Guter Tag für Orakel und Wasser-Rituale.

02. *Hera,* griechische Göttin, Beschützerin der Ehe, Gemahlin und Schwester des Zeus.

06. Ende der **Raunächte. Heilige Drei Könige.**

Geburt des **Aion**, römisch-griechischer Gott der Zeit und des Windes, Herrscher über den *Zodiak*. Altägyptische Sonnwendfeier in Alexandria.

08. **Justitia**, römische Göttin der Gerechtigkeit.

15. **Carmenta**, römische Nymphe und Göttin der Prophezeiung und der Geburtshilfe. Ein Tag für die Zukunftsschau.

22. Geburtstag von **Francis Bacon** (1561-1626), englischer Philosoph und Staatsmann, befasste sich in seinen Schriften u. a. auch mit der Alchimie.

27. Geburtstag von **Wolfgang Amadeus Mozart** (1756-1791), Komponist, Musiker und Freimaurer. Seine Musik ist wahrhaft magisch ... (Schon mal live auf der Bühne seine Oper „Die Zauberflöte" miterlebt?)

29. Geburtstag von **Emanuel von Swedenborg** (1688-1772), schwedischer Theosoph und Naturforscher.

30. **Pax** ist die römische und *Eirene* die griechische Göttin des Friedens. Idealer Friedens-Meditationstag (Vergebungsrituale).

FEBRUAR
(Hornung)

Namensherkunft: Der Februar lässt sich auf das lateinische Wort „februare" (= reinigen) zurückführen. So wurde im alten Rom jedes Jahr das Reinigungsfest „FEBRUA" gefeiert. Weil genau zu dieser Zeit die Rehe und Hirsche ihr Horngeweih abwarfen, nannte man im Altdeutschen diesen Monat „HORNUNG".

Runenzeichen: LAGUZ (1. Monatshälfte, Vollmond), **MANNAZ** (2. Monatshälfte, Schwarzmond).

Tierkreiszeichen: WASSERMANN/FISCHE.

01. **Brigid**, „die strahlende" keltische Göttin und Schutzherrin der Dichter, Heiler, Ärzte und Schmiede. Guter Tag zur Herstellung von Salben und Zaubertränken (siehe S. 46).

02.	*Imbolc* oder *Candlemas*, keltisches Lichtfest. Hexen-Einweihungstag.
	Mariä Lichtmess, christliches Fest (Imbolc, Candlemas und Mariä Lichtmess, siehe auch Seite 42).
08.	Geburtstag von **Eliphas Lévi** (1810-1875), Magier und Schriftsteller.
09.	**Lupercalia**, das Fest der Wölfe. Festtag von **Romulus** und **Remus**, den Begründern Roms, die von Wölfen großgezogen wurden. An diesem Tag sind Fruchtbarkeits- und Reinigungsrituale wirkungsvoll.
14.	**Valentinstag**, ursprünglich ein römischer Feiertag (siehe S. 106).
17.	**Kali**, hinduistische Göttin der Zerstörung.
22.	**Tag des Kornaufweckens.** In manchen Alpenregionen ist es Brauch, mit Böllerschüssen und Peitschenknallen über die Felder zu ziehen, und der Saat zu signalisieren, dass jetzt der Winter zu Ende geht.
26.	**Hygienia**, griechische Göttin der Gesundheit und Hygiene. Gönne dir einen Tag der Reinigung und Pflege. Auch ein guter Zeitpunkt zum Fasten.

MÄRZ
(Lenzmonat/Lenzing)

Namensherkunft: Der März erhielt seinen Namen von Mars, dem römischen Kriegsgott. Im Kalender der Römer war der März der erste Monat des Jahres.

Runenzeichen: EHWAZ (1. Monatshälfte, Vollmond), **BERKA** (2. Monatshälfte, Schwarzmond).

Tierkreiszeichen: FISCHE/WIDDER.

01.	**Hera**, griechische Göttin der Frauen, der Geburt und der Ehe, Schwester und Gattin des Zeus.
	Juno, römische Göttin der Fruchtbarkeit, Geburt und Hochzeit. Guter Termin für Räucherungen und Feueropfer.

Salem-Gedächtnistag in Erinnerung an Hundertausende (möglicherweise sogar Millionen) von unschuldig gefolterten und grausamst hingerichteten Menschen. Am 1. März 1692 begannen die schreckliche Hexenjagd und die Hexenprozesse von Salem.

08. **Tag der Frau** (Internationaler Frauentag).

17. *Libera*, römische Göttin der Landwirtschaft. Idealer Tag für Kontakte zur Natur und zum Kräutersammeln.

21. (bis 23. März) **Ostara**, germanische Fruchtbarkeitsgöttin und Fest der **Frühlingstagundnachtgleiche** (Siehe auch S. 53).

25. *Mati*, slawische Erdmutter.

Mariä **Verkündigung.**

27. Geburtstag von **Rudolf Steiner** (1861-1925), österreichischer Philosoph, Pädagoge und Naturwissenschaftler, Begründer der Anthroposophie und der Waldorfschulen.

31. **Fest der Mondgöttinnen** (*Luna*, *Selene* u. a., siehe S. 99).

APRIL
(Ostermonat/Ostermond)

Namensherkunft: Der April öffnet dem Frühling die Tore (lat. „aperire" = öffnen).

Runenzeichen: TIWAZ (1. Monatshälfte, Vollmond), **SOWILO / SOL** (2. Monatshälfte, Schwarzmond).

Tierkreiszeichen: WIDDER/STIER.

01. **Aprilscherz-Tag** („April Fool's Day")

„Heut' ist der erste April, da schickt man den Narren, wohin man will."

Die Besonderheiten des ersten April sind in Deutschland seit dem 17. Jahrhundert bezeugt und gehen wahrscheinlich auf einen alten Faschingsbrauch zurück.

02. Geburtstag von **Hans Christian Andersen** (1805-1875), dänischer Märchendichter.

10. **Samuel Hahnemann** (1755-1843), deutscher Arzt, Begründer der modernen Homöopathie.

12. **Ceres**, römische Göttin der Ackerfrüchte.

15. **Tellus Mater**, römische Erdmutter. Sie sieht alles, was man der Erde antut.

22. **Tag der Erde.**

Ischtar, babylonische Göttin des Mondes und der Fruchtbarkeit.

Tipp: Mache heute eine Erde- oder Mond-Meditation.

28. **Flora**, römische Göttin des Frühlings und der Blumen. Ihr zu Ehren wurde **Floralia** gefeiert, ein Frauenfest mit bunten Gewändern und vielen Blüten. Schmücke dein Zimmer mit frischen Blumen. Flora bringt auch Glück in der (geistigen und körperlichen) Liebe.

30. **Beltane**, keltisches Frühlingsfest oder **Walpurgisnacht** (siehe S. 58).

MAI
(Wonnemonat/Wonnemond)

Namensherkunft: Der Mai ist der römischen Frühlingsgöttin Maja gewidmet. Sie ist die Mutter des Handelsgottes Merkur.

Liebeszauber, im Wonnemonat Mai ausgeführt, sind ganz besonders wirksam.

Runenzeichen: ALGIZ (1. Monatshälfte, Vollmond), **PERTHO** (2. Monatshälfte, Schwarzmond).

Tierkreiszeichen: STIER/ZWILLINGE.

01. **Tag der Arbeit.** Dieser Gedenktag soll an den Generalstreik von 350 000 Arbeitern am 1. Mai 1886 in Chicago erinnern. Damals gingen diese auf die Straße, um gegen eine Herabsetzung der täglichen Arbeitszeit von zehneinhalb auf acht Stunden zu protestieren. Die Einrichtung des Tags der Arbeit wurde 1889 auf dem II. Kongress der Sozialistischen Internationalen beschlossen.

02. Geburtstag von **Novalis**, bürgerlicher Name: *Friedrich Freiherr von Hardenberg* (1772-1801), deutscher Dichter und Begründer des magischen Idealismus (Werke: Romanfragment „Heinrich von Ofterdingen", „Hymnen an die Nacht" u. a.)

06. **Inghean Bhuide**, keltische Göttin des Sommeranfangs. Heute noch werden ihr zu Ehren Rituale abgehalten, meist an bestimmten heiligen Brunnen.

18. **Pan**, griechischer Gott der Hirten und des Waldes. Idealer Tag für Kerzenmagie und Naturzauber jeglicher Art.

30. Öffentliche Verbrennung der **Jeanne d'Arc**.

JUNI
(Brachmonat/Brachet)

Namensherkunft: Der Juni kommt – ganz klar – von **Juno**, der römischen Göttin der Fruchtbarkeit und Ehe. Im „BRACHET" lassen die Bauern für ein Jahr ihre Felder brachliegen.

Runenzeichen: EIHWAZ (1. Monatshälfte, Vollmond), **JERAN** (2. Monatshälfte, Schwarzmond).

Tierkreiszeichen: ZWILLINGE/KREBS.

01. **Carna**, römische Göttin der Ernährung und Gesundheit. Ein guter Tag für gemeinsames Kochen oder Essen gehen.

03. Geburtstag von **Marion Zimmer Bradley** (1930-1999), Fantasy-Autorin („Die Nebel von Avalon").

08. Geburtstag von *Guiseppe Balsamo* alias **Graf Cagliostro** (1743 – 1795), sizilianischer Magier, Alchimist und Abenteurer.

09. **Vesta**, jungfräuliche, römische Schutzgöttin des Herdfeuers und der Familie. Meditiere über dein Heim und deine Familie. Ein geeigneter Tag für Räucherrituale und Feueropfer.

13. Geburtstag von **Gerald Gardner** (1884-1964), englischer Schriftsteller und Begründer des Wicca-Kults.

14. Geburtstag der **Musen**. Die Musen sind die neun griechischen Göttinnen und Töchter des *Zeus*: **Erato** (Liebesdichtung), **Euterpe** (Musik), **Kalliope** (Epos), **Klio** (Geschichte), **Melpomene** (Tragödie), **Polyhymnia** (Sakralmusik), **Terpsichore** (Tanz), **Thalia** (Komödie), **Urania** (Sternkunde).

Litha, Sommersonnenwendfest zwischen dem 20. und 23. (siehe S. 64).

17. Geburtstag von **Starhawk**, bürgerlicher Name Miriam Simos (*1951), Diplom-Psychologin, Hexe und Autorin.

24. **Fortuna**, römische Göttin des Glücks

Johannistag, Tag **Johannes des Täufers**, des Schutzpatrons der Steinmetzgilden, Freimaurer und Musiker.

Geburtstag von **Johannes vom Kreuz**, Juan de la Cruz (1542-1591), spanischer Mystiker, Dichter und Mönch.

1717 Gründung der **Freimaurer-Großloge von London.**

JULI
(Heumonat/Heuert)

Namensherkunft: Der Juli hat einen großen Namenspatron: den römischen Imperator *Julius Cäsar*. Im „HEUERT" fahren die Bauern ihre Heu-Ernte ein.

Runenzeichen: ISAZ (1. Monatshälfte, Vollmond), **NAUDIZ** (2. Monatshälfte, Schwarzmond).

Tierkreiszeichen: KREBS/LÖWE.

02. Geburtstag von Hermann Hesse (1877-1962), bedeutender deutscher Schriftsteller.

03. **Cerridwen**, keltische Göttin der Fruchtbarkeit und Inspiration.

05. Geburtstag von **Hazrat Inayat Khan** (1882-1927), indischer Mystiker und Musiker.

06. Geburtstag des XIV. **Dalai Lama** (*1935).

10. **Athene**, griechische Göttin des Krieges und Schutzpatronin von Athen.

13. Geburtstag von **Dr. John Dee** (1527-1608), englischer Astrologe und Mathematiker, Begründer der „Henochischen Magie".

Fest der **Madonna von Fatima** in Portugal.

16. **Erzulie Freda** (Voodoo-Liebesgöttin).

19. **Hochzeitsfest von Isis und Osiris**, den höchsten ägyptischen Gottheiten.

30. Geburtstag von **Helena Petrovna Blavatsky** (1831-1891), Theosophin.

AUGUST
(Erntemonat/Ernting)

Namensherkunft: Der August erinnert an den ersten römischen Kaiser *Oktavian* bzw. *Augustus*, den Neffen *Julius Cäsars*. Im „ERNTING" wird, wie der Name schon sagt, die Ernte eingebracht.

Runenzeichen: HAGLAZ (1. Monatshälfte, Vollmond), **WUNJO** (2. Monatshälfte, Schwarzmond).

Tierkreiszeichen: LÖWE/JUNGFRAU.

01. **Lammas** oder **Lughnasadh**, das erste Erntefest im Hexen-Jahreskreis (siehe S. 68)

08. Geburtstag von **Johann Wolfgang von Goethe** (1749-1832), deutscher Dichter und Freimaurer.

15. **Maria Himmelfahrt**, das älteste deutsche Marienfest. An diesem Tag wurden in der katholischen Kirche Kräuter geweiht.

17. **Diana**, römische Göttin des Mondes und der Jagd. Ideal für Mond- und Waldfeste.

20. Geburtstag von **H. P. Lovecraft** (1890-1937), Horrorschriftsteller.

25. **Opis**, römische Göttin der Saat, der Fülle und Reife.
Tipp: Feiert an diesem Tag eine „Bottle-Party", das heißt, dass
die Gäste Essen und Trinken selbst mitbringen.

SEPTEMBER
(Herbstmonat/Scheiding)

Namensherkunft: Der September ist nach dem römischen
Kalender der siebte Monat (von lat. „septem" = sieben).
Im „SCHEIDING" beginnen Sonne und Sommer von uns zu
scheiden.

Runenzeichen: GEBO (1. Monatshälfte, Vollmond),
KENAZ (2. Monatshälfte, Schwarzmond).

Tierkreiszeichen: JUNGFRAU/WAAGE.

01. **Indra Jatra**, indischer Gott des Regens.

13. **Venus**, römische Liebes- und Fruchtbarkeitsgöttin. Ein erfolgver-
sprechender Tag für Liebeszauber und Rituale der Fruchtbarkeit.

14. Geburtstag von **Agrippa von Nettesheim** (1486-1535), deutscher
Philosoph, Arzt, Magier.

17. Geburtstag von **Hildegard von Bingen** (1098-1179), deutsche
Benediktinerin, Mystikerin, Seherin und Naturforscherin.

21. **Mabon**, keltischer Sonnenkönig, Mabon-Fest oder Tagundnacht-
gleiche, zweites Hexen-Erntedankfest (siehe S. 72).

24. Geburtstag von **Paracelsus**, bürgerlicher Name: Theophrastus
Bombastus von Hohenheim (1493-1541), Arzt, Philosoph und Magier.

29. **Fest der Engel** (Gabriel, Michael, Raphael).

30. Geburtstag von **Rumi** (1207 – 1273), persischer Mystiker und
Begründer des Sufi-Ordens der Mevlevi (Drehende Derwische).

OKTOBER
(Weinmonat/Gilbhard)

Namensherkunft: Der Oktober ist nach dem römischen Kalender der achte Monat (von lat. „octo" = acht). Im „GILBHARD" beginnt das Laub zu „vergilben", sich zu verfärben.

Runenzeichen: RAIDO (1. Monatshälfte, Vollmond), **ANSUZ** (2. Monatshälfte, Schwarzmond).

Tierkreiszeichen: WAAGE/SKORPION.

01. *Fides*, römische Göttin des Vertrauens und der Treue.

Geburtstag von **Annie Besant** (1847-1933), englische Theosophin, Autorin und Sozialreformerin.

02. Bei den indogermanischen Stämmen wurden an diesem Tag **Rennwagenspiele** abgehalten, zu Ehren der Ahnen und gefallenen Krieger. Das heute noch stattfindende Münchener Oktoberfest-Rennen ist ein Überbleibsel davon.

03. **Tag der Deutschen Einheit.**

04. *Franz von Assisi* (1181-1226), bürgerl. Name: *Giovanni Bernardone*, Heiliger, Wunderheiler und Gründer der nach ihm benannten Ordensgemeinschaft.

Tag der Tiere (Welt-Tierschutztag).

11. *Demeter* (griech. Göttin des Wachstums und Muttergöttin) Siehe auch unter ANDERE FESTE, S. 99.

12. *Agnes Bernauer* wird als „Hexe, Dirne und Teufelsbuhlin" durch das Urteil des Herzogs Ernst von Bayern-München in der Donau ertränkt.

24. Geburtstag von **Alexandra David-Neel** (1868-1969), französische Schriftstellerin. Sie erforschte u. a. die Magie des tibetischen Buddhismus.

31. **Samhain**, keltisches Neujahrsfest und **Halloween** (siehe S. 76).

Reformationstag, Gründung der evangelischen Kirche durch *Martin Luther*.

127

NOVEMBER

(Windmonat/Nebelung)

Namensherkunft: Der November ist nach dem römischen Kalender der neunte Monat (von lat. „novem" = neun).

Runenzeichen: THURISAZ (1. Monatshälfte, Vollmond), **URUZ** (2. Monatshälfte, Schwarzmond).

Tierkreiszeichen: SKORPION/SCHÜTZE

01. **Allerheiligen,** christlicher Gedenktag zu Ehren der Heiligen und Märtyrer. Er wurde 835 von Papst *Gregor* IV. eingeführt. Es ist Brauch, die Friedhofsgräber zu schmücken und ein „ewiges Licht" für die Verstorbenen zu entzünden.

Geburtstag von **Ralph Tegtmeier** (*1952), Magier und Schriftsteller.

02. **Allerseelen,** christlicher Gedenktag mit Gebet und Fürbitten für die Toten und Eucharistiefeier.

08. **Bram Stoker** (1847-1912), irischer Schriftsteller, Erfinder von „Dracula".

11. **St. Martin.**

Tauftag Martin Luthers.

16./17. **Hekate,** griechische Mondgöttin und „Große Göttin" der Hexen, der Wegkreuzungen und der Verwandlung.

DEZEMBER
(Christmonat/Julmond)

Namensherkunft: Der Dezember ist nach dem römischen Kalender der zehnte Monat (von lat. „decem" = zehn).

Runenzeichen: FEHU (1. Monatshälfte, Vollmond),
ODALA (2. Monatshälfte, Schwarzmond).

Tierkreiszeichen: SCHÜTZE/STEINBOCK.

Beginn der Adventszeit.

06. **Nikolaus,** Bischof von Myra, christlicher Heiliger und Patron der Kinder und vieler Berufszweige.

14. Geburtstag von **Nostradamus** (1503-1566), französischer Arzt und Prophet.

17. Oft bis Neujahr **Saturnalien,** altrömisches Fest zu Ehren des Saturn, des Gottes der Saaten und der Fruchtbarkeit.

Ca. zwischen 21. und 23. Jul(fest) bzw. Wintersonnenwende (siehe S. 84).

24. **Heiliger Abend,** Geburt Jesu Christi und Fest der Liebe.

25. **Geburtstag** und **Fest der Sonne** bei vielen Völkern:
Helios, griechischer Sonnengott, *Sol,* seit dem 3. Jhd. n. Ch. höchster römischer Gott (Mithraskult).

Beginn der **12 Raunächte** (siehe S. 103). Nach germanischem Glauben sollen die Götter in diesen Nächten im Sturm übers Land jagen.

31. **Silvester,** traditionelle Neujahrsnacht, nach dem Papst *Silvester* I. benannt (siehe S. 104).

Wer über bestimmte, hier aufgeführte magische Persönlichkeiten mehr wissen möchte, dem empfehle ich meine Bücher DAS BUCH DER MAGIE (2002) und HEXEN, MAGIER, SCHARLATANE (das im Sommer/Herbst 2003 erscheinen wird).

FILMTIPPS

Eine Auswahl an Magic- & Mystery-Filmen für fette Feten

ANGEL (seit 2001): beliebte amerikanische Mystery-Serie (läuft auf Pro7), die aus der Serie Buffy – Im Bann der Dämonen hervorging, mit David P. Boreanaz als Vampir Angelus in der Hauptrolle.

AUF IMMER UND EWIG (1998): Ein modernes Aschenputtel-Märchen und eine bezaubernde Love-Story. Danielle (Drew Barrymore) lehnt sich gegen ihre böse Stiefmutter auf, die versucht, die Liebe zwischen ihr und dem Prinzen (Dougray Scott) zu verhindern, da sie beabsichtigt, eine ihrer Töchter mit ihm zu vermählen. Danielle erhält Unterstützung von dem Künstler Leonardo Da Vinci und bekommt damit eine letzte Chance, ihren Traumprinzen zu erobern.

BIBI BLOCKSBERG (2002): Der zauberhafte Kinofilm entschädigt für die bisher manchmal etwas nervenden Audio-Kassetten, die sicher viele von euch aus ihrer Kindheit kennen. Durch einen Regenzauber bewahrt Bibi Blocksberg (Sidonie von Krosigk) zwei Kinder vor dem sicheren Flammentod. Aufgrund ihrer besonderen Verdienste erhält Bibi die „Kristallkugel" verliehen, was sie erst zu einer richtigen Hexe macht. Doch die böse Hexe Rabia ist neidisch und hat es darauf abgesehen, ihr die Kugel abzuluchsen ...

BLAIR WITCH PROJECT (1999, ab 16 J.): Im Oktober 1994 wollen drei Studenten im Wald von Burkuttsville, Maryland, einen Film über eine Hexenlegende drehen. Plötzlich sind die drei wie vom Erdboden verschluckt ... Der Film wurde mit einem Mini-Budget von 35 000 Dollar finanziert und spielte bisher nahezu 250 Millionen Dollar ein.

BLAIR WITCH 2 (2000, ab 16 J.): Die Fortsetzung von Blair Witch Project mit „Horror-Bonus". Doch ist der Streifen bei weitem nicht so beliebt und erfolgreich wie sein Vorgänger. Er erzählt die Story einer Gruppe junger Leute, die sich in einem Internet-Chatroom kennen lernen und den merkwürdigen Geschehnissen des Jahres 1994 (Teil 1) auf den Grund gehen wollen. Dieses Mal ist es ein Quintett, das die Nacht im Hexenwald verbringt und während der ganzen Zeit mitfilmt. Doch am nächsten Morgen sind die Videokameras spurlos verschwunden ...

BUFFY (seit 1999): Beliebte amerikanische Mysterie-Serie (läuft auf Pro7) mit Sarah Michelle Gellar alias Buffy Summers in der Hauptrolle. Zusammen mit ihren Freunden jagt sie Vampire und Dämonen.

CHARMED: Zugegeben, auch ich bin ein großer Charmed-Fan; die Hexen-Mädels bezaubern mich einfach ...! Im Mittelpunkt der amerikanischen Magic-Serie stehen die drei zauberhaften Schwestern Prue (Shannon Doherty), Piper (Holly Marie Combs) und Phoebe (Alyssa Milano) Haliwell (läuft auf Pro7). Sie können Dinge durch Gedanken bewegen (Prue), die Zeit anhalten (Piper) und die Zukunft voraussehen (Phoebe). Mit diesen Fähigkeiten ausgestattet, bekämpfen sie böse Dämonen und andere finstere Kreaturen.

DAS 10TE KÖNIGREICH (2001): Eine zehnstündige Märchen-Miniserie mit fantastischen Spezialeffekten nach dem Roman von Kathryn Wesley. In ihrer wohl bisher besten Rolle als Virginia brilliert die bezaubernde Kimberly Williams. Sie spielt eine New Yorker Kellnerin, die zusammen mit ihrem Vater in die neun Königreiche gezaubert wird, wo sie unter alten und bekannten Figuren allerhand märchenhafte, aber auch nicht-märchenhafte Abenteuer erleben.

DER HERR DER RINGE: Nach der Trilogie von J. R. R. Tolkien.

1. Teil: Die Gefährten (2001): Ein über 300 Millionen Dollar teures Fantasy-Spektakel. Lange Zeit galt diese Trilogie als unverfilmbar. Der Regisseur Peter Jackson verfilmte alle drei Bände gleichzeitig zu drei Spielfilmen. Dazu brauchte er 274 Drehtage, 1200 Computertricks und rund 20 000 Statisten(!). – Im ersten Teil erhält der Hobbit Frodo Beutlin (Elijah Wood) von seinem Onkel einen Ring. Der Zauberer Gandalf (Ian McKellen) klärt ihn über die Hintergründe dieses letzten der von Sauron angefertigten Ringe auf. Der böse Herrscher Sauron will ihn haben, denn damit kann er die Völker Mittelerdes unterwerfen und versklaven. Der Ring soll auf den Schicksalsberg zu Mordor gebracht und dort vernichtet werden. Eine beschwerliche und gefährliche Reise durch Mittelerde beginnt.

2. Teil: Die zwei Türme (2002): Im zweiten Teil ist der Bund der Gefährten zerbrochen. Gandalf ist verschollen, die Hobbits Pippin und Merry wurden entführt und Frodo und Sam machen sich alleine auf den Weg, um den Einen Ring in den Feuern von Mordor zu zerstören. – Regisseur Jackson hält sich treu an die literarische Vorlage. Gigantische Sets und Massenszenen. Die Handlung wird noch spannender als im ersten Teil ...

3. Teil: Rückkehr des Königs voraussichtlich 2003 in den Kinos.

DER HEXENCLUB (1997): Die „coolen" High School Girls Sarah, Nancy, Bonnie und Rochelle gründen mitten in Los Angeles an ihrer katholischen Schule einen Hexenclub. Was dabei rauskommt, ist allerdings keineswegs mit guten Absichten verbunden: Verwünschungs-Rituale, Rache, Horror, Blut, schwarze Magie ... Ein sicherlich gut gemachter Film mit super Musik. Aber für weiße Hexen und Magier eher ein Negativbeispiel, wie man es nicht machen sollte ...

DER ZAUBERER VON OZ (1939): Nach dem von I. Frank Baum im Jahre 1900 veröffentlichten Buch „Der wunderbare Zauberer von Oz". Die junge Waise Dorothy und ihr kleiner Hund Toto gelangen auf wundersame Weise in das märchenhafte Königreich Oz, über das der Zauberer (und jetzt kommt ein endlos langer Name) Oscar Zoroaster Phadrig Isaac Norman Henkle Emanuel Ambroise Diggs (... uff!!) herrscht. Es existieren übrigens insgesamt 17 Filme, die alle das Buch von I. Frank Baum als Vorlage haben.

DIE ABENTEUER DES ODYSSEUS (1996): Eine kolossale Verfilmung des griechischen Mythos von Homer. Große Starbesetzung und atemberaubende Aufnahmen an faszinierenden Schauplätzen! Odysseus (Armand Assante), der König von Ithaka, muss seine Frau Penelope kurz nach der Geburt seines Sohnes verlassen, um in den trojanischen Krieg zu ziehen. Durch eine List kann er Troja besiegen und unterwerfen. Doch im Siegestaumel zieht Odysseus den Zorn der Götter auf sich und wird zur Strafe zu einer scheinbar endlosen Irrfahrt durch die Weltmeere verdammt.

DIE HEXEN VON EASTWICK (1986): Ein Hexen-Spektakel mit Cher, Michelle Pfeiffer und Susan Sarandon. Drei Single-Frauen begegnen dem Teufel (Jack Nicholson) höchstpersönlich. Was anfangs noch big fun ist, wird auf einmal zum Riesen-Stress. Da hilft nur noch Voodoozauber, um Satan loszuwerden.

DIE HEXEN VON SALEM (1996): Eine Schar von Junghexen versammelt sich des Nachts im Wald. Sie tanzen ekstatisch ... Die Schwarze Tituba murmelt Beschwörungsformeln über das Feuer. Doch jemand belauscht die Mädchen: Pastor Parris. Zu seinem Schrecken entdeckt er unter den Tanzenden auch seine eigene Tochter Betty. Dies ist der Auslöser für eine Verfolgungshysterie, ja eine schreckliche Hexenjagd. Auf der Grundlage des Dramas „Hexenjagd" des Autors Arthur Miller entstand auch dieser gleichnamige Film mit Winona Ryder und Daniel Day-Lewis in den Hauptrollen.

DIE HEXE UND DER ZAUBERER – MERLIN UND MIM (1963): Ein bezaubernder Disney-Zeichentrickfilm nach der klassischen Erzählung der Artus-Sage von T. H. White. Floh, so wird der kleine König Artus als Junge genannt, lebt ein nicht gerade interessantes Leben auf der Burg seines Stiefvaters Sir Hector. Bis er eines Tages den Zauberer Merlin trifft und mit ihm gemeinsam die tollsten Abenteuer erlebt. Doch die böse Hexe Mim fordert Merlin zu einem Zauberduell heraus, von dessen Ausgang die Zukunft des kleinen Königs und seines Reiches abhängt.

DIE MONSTER AG (2001): Ein grandioser, witziger Disney-Pixar-Animationsfilm für die ganze Familie. Sulley, der „Cheferschrecker" der Monster AG hat den Job, Kindern einen Riesenschrecken einzujagen. Denn die Furchtschreie der Kleinen versorgen Monstropolis mit der benötigten Energie. Dieser Job ist nicht ungefährlich, weil die Menschenkinder für die Monster giftig sind. Eines Tages gelangt das kleine, putzige Mädchen Buh nach Monstropolis. Sulley soll sie wieder fortschaffen, doch der findet sie einfach zuuu süüüß ...

DIE NEBEL VON AVALON (2000): Aufwändige und magisch-gefühlvolle Verfilmung des Kultromans von Marion Zimmer Bradley. Morgaine (Julianna Margulies), die Hohepriesterin von Avalon, erzählt die Geschichte ihres Bruders, König Artus (Edward Atterton), und den Rittern der Tafelrunde.

DIE VÖGEL (1963): Ein atemberaubend spannender Thriller von Alfred Hitchcock. Melanie (Tippi Hedren) wird auf ihrer Reise zu dem Rechtsanwalt Mitch (Rod Taylor) von einer Möwe angegriffen und verletzt. Unmittelbar danach hacken die Vögel einem Farmer die Augen aus. Dann starten sie einen Großangriff auf die Bewohner von Montego Bay.

DRACULA- VERFILMUNGEN:

(1930) mit Bela Lugosi als erstem Graf Dracula.

(1958) mit Christopher Lee in der Hauptrolle

(1992, ab 16 J.): Ein Meisterwerk des Erfolgsregisseurs Francis Ford Coppola nach Bram Stoker's Roman. Gary Oldman ist der bislang jüngste Dracula-Darsteller. Der Immobilienmakler Jonathan Harker (Keanu Reeves) erhält auf der Geschäftsreise durch Transsylvanien eine Einladung von einem alten Grafen. Gruselig, sinnlich ...

FANTASIA und **FANTASIA 2000:** Mit diesen zauberhaften Meisterwerken erfüllte sich Walt Disney einen Traum. Mickey Mouse und Co. bringen uns auf spielerische und wahrhaft fantastische Weise die klassische Musik näher. Kompositionen von Gershwin, Beethoven, Dukas und anderen dürfen in keiner Disney-Filmsammlung fehlen!

HARRY POTTER: Nach einem Roman von J. K. Rowling. Ob der Film wohl ohne den überwältigenden Bekanntheitsgrad der Bücher ein Kassenschlager geworden wäre?

1. Teil: Der Stein der Weisen (2001): Harry ist Vollwaise und wächst bei seinen Verwandten, den unausstehlichen Dursleys auf. Man verschweigt ihm, dass seine Eltern berühmte Magier waren und von

dem berüchtigten Lord Voldemort getötet wurden. Mit seinem 11. Geburtstag beginnt für Harry ein neues, fantastisches Leben. Er wird in die Zauberschule Hogwarts aufgenommen und lernt die den Muggles (also den normalen Menschen) verborgene Welt der Zauberer, Hexen und Fabelwesen kennen. Und natürlich ist da auch die ständige Bedrohung durch den dunklen Lord, der Harry vernichten will. Zum Glück hat Harry ungeahnte magische Fähigkeiten und vor allem: gute Freunde.

2. **Teil: Die Kammer des Schreckens (2002):** Die Sommerferien sind vorbei. Harry freut sich, wieder nach Hogwarts zurückzukehren, um sein zweites Zauber-Lehrjahr anzutreten. Und trotz der Warnung des Haus-Elfs Dobby, nicht nach Hogwarts zu fahren, macht sich Harry mit Ron auf den Weg. Da ihnen der Zugang zu Gleis 9 2/4 verwehrt bleibt, müssen sie auf anderem Weg nach Hogwarts gelangen: Eine Reise auf Leben und Tod ... Und auch in Hogwarts warten zahlreiche Abenteuer und Gefahren.

ILLUSION, David Copperfield (2000): Aufzeichnung aus zwei Jahrzehnten Illusionsshows des David Copperfield. Darin lässt er angeblich die Freiheitsstatue von New York genauso verschwinden wie ein Flugzeug, löst einen Reisezugwaggon auf, geht durch die Chinesische Mauer und vieles andere mehr. Sehenswert, doch ein bisschen kritischer Verstand dabei wäre nicht schlecht ...

IM AUFTRAG DES TEUFELS (1997, ab 16 J.): Ein richtiger Lehrfilm und somit ein Muss für alle Junghexen und Jungmagier ab 16. Der junge Rechtsanwalt Kevin Lomax (Keanu Reeves) hat noch nie einen Prozess verloren und scheint eine traumhafte Karriere vor sich zu haben. Da holt ihn der reiche Rechtsanwalt John Milton (Al Pacino) nach New York. Doch sein Auftraggeber hat Teuflisches mit ihm vor und führt Kevin mit verlockenden Angeboten von Macht, Sex und Geld in Versuchung. Spannend, spannend und noch mal spannend. Man rutscht von einer Überraschung in die andere. Ich habe selten einen so exzellent produzierten und gleichzeitig lehrreichen Streifen gesehen. Einer meiner Lieblingsfilme! Auf DVD gibt es interessante Audio-Kommentare von Regisseur Taylor Hackford.

INTERVIEW MIT EINEM VAMPIR (1994): Nach dem Kultroman von Anne Rice. Brad Pitt spielt die Rolle des sensiblen Vampirs Louis, der einem Journalisten aus seinem 200-jährigen Vampirleben erzählt.

JOHANNA VON ORLEANS (1999, ab 16 J.): Ein epochales Meisterwerk mit Starbesetzung (Milla Jovovich, John Malkovich, Faye Dunaway, Timothy West, Dustin Hoffmann u. a.). Als kleines Kind im Krieg muss Johanna mit ansehen, wie ihre Schwester vergewaltigt und ermordet wird. Mit 16 Jahren hört das Bauernmädchen Stimmen, die ihr auftragen, die französische Armee im Kampf gegen die Engländer anzuführen. In einer Mischung aus Wut und Gottesauftrag zieht Jeanne d'Arc in den grausamen Krieg.

MATRIX (1998, ab 16 J.): Ein ungewöhnlicher, spannender Science- Fiction-Film mit fantastischen Spezialeffekten von den Brüdern Andy und Larry Wachowski. Tagsüber ist Neo (Keanu Reeves) Programmierer einer Software-Firma, nachts spukt er als Computer-Hacker im Internet und wartet auf ein Zeichen, von wo auch immer. Da taucht Trinity (Carrie-Anne Moss) auf und stellt ihm Morpheus vor, eine Art Messias der Computerwelt. Und dieser öffnet Neo die Augen über seine wahre Existenz.

MEDEA (1969): Ein eindrucksvoller Film, exzellente Inszenierung der griechischen Tragödie durch den Star-Regisseur Pier Paolo Pasolini. Die Titelrolle der Medea spielt die berühmte Operndiva Maria Callas. Der junge Jason will das Goldene Vlies haben, welches ihm die Kraft geben kann, seinen Onkel Pelias vom unrechtmäßig erworbenen Thron zu stürzen. Medea, von Jason tief beeindruckt, hilft ihm, das Vlies wiederzugewinnen. Beide heiraten und bekommen zwei Söhne. Doch Jason verlässt seine Familie wegen der Königstochter Glauke, die er schließlich heiratet. Medea, blind vor Wut und Eifersucht, nimmt grausame Rache ...

MOMO (1986): Ein einfühlsamer Film nach dem berühmten Erfolgsroman von Michael Ende. Gemeinsam mit dem Regisseur Johannes Schaaf hat er auch das Drehbuch dazu geschrieben. Bewusst verzichten beide auf großartige Effekte und konzentrieren sich auf die Charaktere (Mario Adorf als Gigi Fremdenführer, Armin Mueller-Stahl als Chef der „grauen Herren" und John Huston als Meister Hora. Die kleine Momo (Radost Bokel in einer zauberhaft gespielten Rolle!) lebt ganz allein in einem alten Amphitheater am Rande einer Stadt. Sie ist bei allen sehr beliebt, denn sie besitzt die Gabe, den Menschen zuzuhören. Doch eines Tages wird die Idylle durch das Auftauchen der „grauen Herren" jäh zerstört. Diese wollen die Menschen zum Zeitsparen überreden. Bald hat niemand mehr Zeit für Momo. Da sucht sie Rat bei Meister Hora, dem Wächter der Zeit.

NUR FÜR DICH – ONLY YOU (1994): Der elfjährigen Faith (Marisa Tomei) wird von einer Wahrsagerin prophezeit, dass ihr Traummann einmal Damon Bradley heißen wird. Doch 14 Jahre später steht sie mit dem eher langweiligen Arzt Dwayne (John Benjamin Hickey) fast schon vor dem Traualtar. Da ruft ein Freund Dwaynes aus Italien an und entschuldigt sich, dass er nicht zur Hochzeit kommen könne. Es ist: Damon Bradley (Robert Downey, jr.). – Eine der zauberhaftesten, romantischsten Liebeskomödien überhaupt!

POLTERGEIST (1982, ab 16 J.): Ein Klassiker, der Horror und Komik gekonnt vermischt. Eine ahnungslose Familie zieht in eine neue kalifornische Wohnsiedlung (auf einem ehemaligen Indianer-Friedhof erbaut!). Plötzlich verschwindet die kleine Carol. Eine Parapsychologin weiß eine Erklärung: Poltergeister terrorisieren das Haus.

SCARY MOVIE 1 (2000): Eine Persiflage auf die bekanntesten Horror-Filme. **SCARY MOVIE 2 (2001):** Im uralten Gemäuer des „Hell House" treibt ein Poltergeist sein Unwesen und versetzt die Studenten zusammen mit ihrem College-Professor (Tim Curry) in Angst und Schrecken. Das Grauen kann weitergehen ... Neu im Scary Movie-Team sind u. a. die Sexbome Theo (Kathleen Robertson) und die angeblich schüchterne Alex (Tori Spelling).

SHREK (2001): Ein witziger und mitreißender Film, der die ganze Familie begeistert. Der liebenswerte grüne Riese Shrek bricht mit seinem Esel auf, um Prinzessin Fiona zu retten und gleichzeitig seinen geliebten Sumpf zurückzugewinnen, den der fiese Lord Farquaad besetzt hält.

STADT DER ENGEL (1995/98): Ein gefühlvolles Liebesmärchen mit einer intensiven Bildersprache. Als der Schutzengel Seth (Nicolas Cage) bei einer Operation einen sterbenden Patienten ins Jenseits begleiten will, lernt er die Herzchirurgin Maggie Rice (Meg Ryan) kennen. Noch unsichtbar, verliebt er sich in sie, und in ihm wächst eine starke Sehnsucht nach Maggie. Nun steht der Engel vor der Entscheidung: Soll er unsterblich bleiben oder menschliche Gestalt annehmen?

TANZ DER VAMPIRE (1967): („Pardon, aber Ihre Zähne stecken in meinem Hals ...") Eine witzige Vampirkomödie von Roman Polanski, der in diesem Film die Regie führt und den Alfred spielt. Der unerschrockene Professor Ambrosius begibt sich mit seinem ängstlichen Gehilfen auf Vampirjagd nach Transsylvanien. Mit Knoblauch und Holzpflock bewaffnet schleichen sie sich in das einsam und gespenstisch gelegene Schloss des Grafen Dracula.

ZAUBERHAFTE HEXEN – PRACTICAL MAGIC (2000): Nicole Kidman und Sandra Bullock spielen zwei Schwestern und Hexen. Sie stammen aus einem uralten Hexengeschlecht und beherrschen die Kunst der weißen Magie. Doch auf ihnen lastet ein Familienfluch: Alle Männer, in die sich die beiden verlieben, sterben einen frühen, unnatürlichen Tod. – Eine spannende, romantische und zum Nachdenken anregende Tragikomödie.

Zeichnungen und Graphiken von **Yan d'Albert:**
S. 14: Altar, S. 15: Kerze, S. 18: Notengraphik „Our magic is our give-away", S. 30: Kali-Yantra, S. 31: Hopi-Zeichen, S. 34: Graphik zum Drehen, S. 35: Notengraphik „Elemente-Song", S. 38: 24 Runen, S. 40: Notengraphik „Hine ma tow", S. 42: Das Hexenjahr, S. 43 ff: Hexenkessel, S. 47: Masken, S. 49: Notengraphik „Astarchfirullah", S. 52: Stadha Laguz, S. 56: Stadha Berka, S. 63: Stadha Algiz, S. 66: Stadha Jeran, S. 71: Stadha Haglaz, S. 75: Stadha Kenaz, S. 80: Stadha Thurisaz, S. 89: Stadha Odala, S. 92: Bienenhaus, S. 101: Notengraphik „Om Mata", S. 107: Notengraphik: „The Earth is our mother", S. 111: Notengraphik „Halleluja", S. 115: Yan's Buddha (Copyrights by MAGIC YAN MEDIA, Yan d'Albert, D-53894 Burg Satzvey);
von **Gabriela d'Albert:**
S. 9 ff: Buch, S. 11, 27 ff: Tekkno-Hexe, S. 17: Athame, S. 28, 83, 139: Spirale, S. 33: Derwisch, S. 92: Verliebte Musiknoten, S. 106: Geflügeltes Doppelherz, S. 108, 131 ff: Siebenarmiger Leuchter, S. 110: Rosenkreuz, S. 114: Om-Zeichen, S. 116: Ahura Mazda (Copyrights by www.magicult.de, Gabriela d'Albert, 51570 Windeck / Sieg).

WEITERE TITEL AUS
„MAGISCHEN

Maja Sonderbergh
**DAS BUCH
DER SCHATTEN**
112 Seiten · ISBN 3-8025-2850-6

Maja Sonderbergh
**DAS BUCH
DER ZAUBERSPRÜCHE**
112 Seiten · ISBN 3-8025-2493-4

Maja Sonderbergh
**DAS BUCH
DER ZAUBERTRÄNKE**
Die wirksamsten Rezepturen und
magischen Sprüche
112 Seiten · ISBN 3-8025-2952-9

Tamara Morgenstern
GEHEIME LIEBESZAUBER
Verschollene Kapitel aus dem
Buch der Schatten
128 Seiten · ISBN 3-8025-2567-1

Maja Sonderbergh
HEXENAKADEMIE
Bist du bereit? Prüfe dein Wissen!
128 Seiten · ISBN 3-8025-2954-5

Maria May
ZAUBERPOWER
Magische Hexentipps
112 Seiten · ISBN 3-8025-1451-3

UNSERER
REIHE"

Maria May
ASTROTIPPS FÜR HEXEN
Was die Sterne über dich und
deine Zukunft verraten
112 Seiten · ISBN 3-8025-1490-4

Karin Schramm
**ZAUBERHAFTE
HEXENSPRÜCHE**
Liebe, Glück und Freundschaft
112 Seiten · ISBN 3-8025-2733-X

Yan d'Albert
DAS BUCH DER MAGIE
Von Abracadabra bis Zauberkräuter
144 Seiten · ISBN 3-8025-2924-3

Maria May
HANDLESEN FÜR HEXEN
128 Seiten · ISBN 3-8025-2953-7

Maja Sonderbergh
**DAS GEHEIME
HEXENORAKEL**
aus dem Buch der Schatten
112 Seiten · ISBN 3-8025-3222-8

Yan d'Albert
**DAS BUCH DER
MAGISCHEN RITUALE**
Liebe, Freundschaft, Hexenkult
144 Seiten · ISBN 3-8025-2962-6

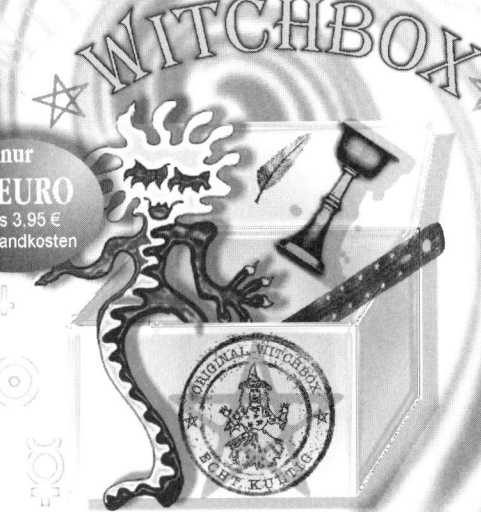